你們教育制度壞咗呀！

青永屍

寫在全書之前：

這個城市不會再下雪。

就算會，紀錄已經落在一百年前。

《華嚴經》說的「境隨心轉」都是騙人的，心寒的人都恆河沙數，這個城還是苦熱至此。又或者這樣的驗證一下，就算天氣這麼熱，在今日的教育制度下，我們的社會也很難教出甚麼古道熱腸的人。

當然，會不會下雪單單是跟緯度和濕度這些客觀的自然因素有關係，佛法所說，不過譬喻。勉強苛求在這個城市看到雪景，明白人想得透，就必然知道這是虛妄。只是當局者迷，家長看不透，就誤會讀得好學校就一了百了；校長也看不透，誤會自己討些好成績、做些好數字，自己就做妥本分。在虛妄之中我們走向沒落，在沒落之中我們習慣失望。

這本書要做到的，就是掃除對教育的迷思，在迷霧之中找回正軌，在逃生口外闖一片天。

寫在不會下雪的香港．夏

序：〈如果有神〉

「孔丘，你不獲續約。」校長室的辦公桌上傳來這樣的聲音。「沒錯。在考績記錄之中，你沒有批改學生課業，甚至你沒有給固定課業，只是和每個學生聊聊天，這是疏忽。」如果孔子在今日的學校工作，他一定會得到這個評語。

「王守仁，你不獲續約。」這也是必然的。「你沒有固定的課時，也沒有依照課本教學，自己寫了一套《大學問》，但沒有得到教育局的認可。官方課本是用朱熹版的。」陽明先生也會遇到這樣的事情。「還有，你在課餘公開演講，煽動民眾，這會影響學校聲譽。你這樣的做法，我們連離職證明也不會寫給你。」對，就算你是再世陽明，在學校還是要受人白眼的。

有位哲人曾經講過，巨人無法活於洞穴之間，洞穴只能留給合適他們的生物。

那到底甚麼人才可以在今日的學校生存呢？

如果有神，我想連聖保祿也不能在學校得到續約。《史記‧萬石張叔列傳》記載了一個太僕石慶，皇帝命他騎馬車，他駕馭之間，皇帝問他眼前有幾多匹馬，他一一二三四五六的數，又六五四三二一的數，才答「皇上，六匹。」像石慶這種人才適合在香港教學。

歡迎來到香港的教育現場。

社會本來就由一個一個團體組成。這些團體可以是家族、利益集團、宗教信仰團體等組成的，而他們為延續團體利益與營運模式，人們會利用教育，將團體原有概念、習慣、信仰傳遞。說到這兒，你或者還未看到問題所在，這種「傳遞」極容易產生衝突，因為每個人成長雖然大抵相似，但總有不同的經驗，每個團體亦然；社會的教育，必然是強勢利益集團拓展得較弱勢利益集團快，所以妄想利用教育改變社會改正人心，根本是荒謬絕倫。

不過，看清楚社會本質後，再梳理一些誤會後，我們就能推敲到解決香港教育問題的方向了。

目錄

第一部分

誤解與迷思：市民對香港教育界的誤解

雷曼兄弟騙案發生的時候，有些分析家解析為甚麼公公婆婆走進銀行，找回原來的經理，都會被人哄去用畢生積蓄買垃圾債券。那個時候，最深刻的一句分析是：那些婆婆公公，不會明白，今日的銀行，所謂的銀行經理，已經不再是那些給你做零存整付、給你介紹定期的老實人，而是一個個要「跑數」追逐業績的可憐人。誤會，釀成悲劇。

這個分析說出來後，我依舊沒有對那些雷曼騙徒心生憐憫，但想到是「資訊不對稱」所做成的悲劇，我覺得作為一個教師，在教育的前線，有些誤會，如果能早些寫出來，好像也是一種補贖。當然，話說在前頭，在教育界工作雖然是有段日子，但對於某些教育領域的東西，我亦是只能靠耳聞得知，如有以偏概全處，請見諒；另外，為免被告，一切學校名稱、教師名稱均不予暗示，但望各位大人君子諒解及不吝賜教。

(一)今日教師的功能

文憑試中文科的必讀課文之中，有舊會考文學科的課文：韓愈的《師說》。《師說》是韓愈向弟子李蟠講解老師的角色、功能和意義的文章。但最諷刺的是，今日回看一千二百年前的那個崇高目標，我們好像愈走愈遠。

韓愈告誡我們，當老師的有三大任務，第一是「傳道」，其次是「授業」，還有一點是「解惑」。

先講「傳道」。「傳道」不是耶教的「講耶穌」，而是將社會的原有價值觀延續。如果老師延續好的價值觀，那社會就繼續興隆，如果老師保留了那些反人類價值（例如活人祭獻、紮腳、人口買賣等），社會只會走向覆滅。

但問題就是：

一、今日我們社會的「道」是甚麼呢？

二、若然給我們僥倖地釐清何謂「道」，我們的教育能夠做到嗎？

在二十一世紀，社會零碎化的時代，我們很難說出甚麼虛無的概念。我們也沒法用上世紀「令人人邁向幸福生活」的空話來哄騙大家，大家亦知道，這不過是野心家的政治說詞。但若說辦學，總得有些目標。政府教育局在其網頁寫的目標是：

「透過公營學校為所有兒童提供九年免費普及小學及初中教育。由二零零八至零九學年起，已透過公營學校提供免費高中教育，並已全面資助職業訓練局為修畢中三學生開辦的全日制課程，為他們提供主流教育以外的另一個免費進修途徑；

提供五育並重及多元化的學校教育，以配合本港學生的不同需要，使學生吸收更多知識，確立價值觀和掌握技能，為日後升學或就業打穩基礎，以及促進學生的個人成長；

提高學生『兩文三語』的能力」[1]

近日的新聞主角東華三院，他們在自己網頁寫的「辦學宗旨」是這樣的：

「東華三院一貫的辦學精神乃為社會提供完善及多元化的教育服務，作育英才，使兒童及青少年成長後能盡展所長，回饋社會。為本港兒童及青少年進行『全人教育』，提供一個優良的學習環境，使能發揮個人的潛能，日後成為具備知識技能、有獨立思考能力、勇於承擔責任和關注社會事務的良好公民。」[2]

1 香港教育局：〈中學教育概覽〉

2 東華三院：〈學校概覽〉

你或說教會學校呢？香港天主教教育事務處的辦學願景與使命十分詳細，他們有五大核心價值，強調尋找真理、守義、有愛、重視生命及重視家庭。如果大家有興趣也可以去看看。不過客套門面說話，大家都明白其中的大同小異。

教育局目標的第一點，說明教育的「社會化」功能，就是為了社會培養未來的勞工／人才，而其含意就是，今日納稅人交出來的「政府開支」，為的就是培養一些「可用之人」，為社會生生不息而下工夫。所謂「道」，我們看到些端倪了沒有？不，因為這些都留在事「業」的「業」的層面。不過這也無可厚非，令學生有一技所長，不用依靠政府，也勉強說得上是「制民恆產」。

至於教育局和東華三院都不約而同提及教育要令學生的「知

識」、「技能」、「態度」三方面有所提升，這點當然沒錯，因為所有的教育學院，都是這樣教學生的。如果勉強說東華三院要教授的道德教育，大概就是最尾的「公民責任」幾字了。天主教有沒有做到他們的道德教育目標，我猜連他們自己的教育事務處也查核不到。因為這些冗長的觀點，我看就算要解釋也不太容易，還要教區學校及修會學校一同施行，真的可以身之使臂嗎？就本人過往的觀察，就看不到切實有效的道德教育。但對於辦學團體及教育局來說，這些價值傳遞，就是他們視老師的「功能」。只是他們也是人，也有消費者誤區，覺得老師不應只有一種「功能」，所以教育界的悲劇，只會不斷發生。

但先停一停，這些價值教育的傳遞是實際還是理想？「理想歸理想，得不到也等於妄想（李峻一，2012）」。看似簡單的教育目標，我們今日的教育工作者可以做到嗎？這留給大家一個提問和反思。

先不說這些目標流於現實與功能化，我們沒有崇高的人格培養目標。由政府掌管、唯一主持教育事務的機構：教育局，我們從中看不到「道」的存在；所以我們社會若要重視延續社會的「道」，恐怕只是空中樓閣。但就算是簡單為社會意義培養人材的「授業」，我們真的做到了嗎？

今日的資訊科技教育，我們有沒有教授學生適切合時的科技技能？在中國語文科，我們有一個高中選修單元叫「多媒體與應用寫作」，今日網絡芸芸作家不下一千，靠此營生的亦非少數，當中又有幾多人受惠於這門學問？還是老師因為自己的落伍而從未教授過學生這些來緊扣社會需要？今日的日校有幾多間會認真教授交友技巧？在服務型社會之中，人際技巧不是最重要的一環嗎？

課程追不上時代，或許是制度的不幸。香港有沒有鼓勵教育工作者變革的誘因？當然是沒有的。今日政府雖然倡導課程改革，但參與課程改革的老師只有少數是有幸被借調／半借調，而有不少要留在原校「土法煉鋼」，一邊接受大學的專家支援、一邊接受政府的發展主任監管，做妥課程改革，但也或因其他同事的消極抵制而功虧一簣。制度出問題了，執行者試試逆天，這也行不通，在我們質疑「道」能否傳得下去的同時，「授業」這一環，我們「授」對了沒有？我們真的能授了沒有？

再說，課程改革如何，亦只是冰山一角。我們今日如果能夠找到一個專務正業的崗位，那應屬萬幸。我們除了教學生，還得照顧家長的情緒，也得去統合義工去服務社會，甚至還要因應政府不同的目標，寫上一個個的匯報。這些都是好看些的事，有些弱勢的學校，老師還得要去「前向服務」，即是中學老師向小六生提供試教、小學老師向幼稚園推廣；還得要去大型屋苑擺攤檔、甚至去深圳珠海招生。這些是你們心目中老師的「功能」嗎？

最近林麗棠老師的死訊，揭發了不少圖書館主任的悲歌。一般社會人士都認為，圖書館主任是一件優差，我還看到些網絡留言說人們以為圖書館主任必然是最準時下班的教師類別。但事實是怎樣呢？就是如網絡畫家、現職老師灰若在二零一七年六月九日發表的畫作一樣，圖書館主任的工作一樣勞碌、壓力一樣浩大，政府推動「從閱讀中學習」的新政後，大部分的圖書館主任都是孤軍作戰，無日空閒地處理全校的閱讀計劃、閱讀功課、設計各級的閱讀課程等等。於是在無理的壓力強加下，老師也會有苦無路訴，或因如此，於是就選擇了輕生的路。在這個時候，大家都不難發現，在坊眾心目中的老師，和在教育前線的老師之間，的確存在了一些工作層面的預期落差。老師其實不是大家口中薪高糧準假期多的優差，而是對不少有心扶正社會、真心教育下一代的善良人的折騰。

考試文化在儒家文化圈國家極受推崇。「天子重文豪，文章教爾曹，萬般皆下品，唯有讀書高」這首詩流傳千年，歷久不衰。香港的教育，當然亦難逃其緊箍咒。教師，在今日香港，當然一樣要為「考試」服務。

但正如的士業一樣，出現電召車程式之後，的士業界的千瘡百孔就被大眾瞭然。大家都對長久以來的士業界害群之馬的怨氣得以坦然宣泄，而的士業界內部又必然有改革的聲音。這是新時代變革的特色，在經濟學來說，這是「代替品市場」對傳統壟斷的挑戰與衝擊。

對於考試文化，補習社（即台灣的補教）就是傳統學校考試功能的「替代品」。筆者曾經在大家心目中一流的傳統名校工作，但學生卻不如大家想像一樣，禮聘名師回家作西賓，個別指導自己，而是一樣跑到補習社接受「補習天王」的指教。本文並非批評補習業界，而是說明在這個現象下，傳統學校老師所受到的衝擊。補習社愈強調考試成績，學校老師要回應「考試」這部分的表現的壓力就愈大，於是就墮入一個無底深淵。

自從引入商界模式之後，老師無一能逃每年考績的查核。雖然每所學校均無講明「考試成績」的合格率、優良率數字可以是免死金牌，但大家都明白到，你能教出好成績來，自然就能頂住那些所謂改革的風潮。政府的態度呢？如果讀者們有留意近年有關TSA（全稱：全港性系統評估）的新聞，都不難發現政府刻意強調，小三 TSA 只為查考學校是不是達到了小學三年級「應有」的水平。政府頒布政策，於是所有的學校，為表示自己符合基本的教學程度，漠視學生本身條件及進度，一味催谷。今日的考試壓力，不止中六學生面對，小三、小六、中三、中六，十二年一貫課程之中，同學就得面對四次難關，而學校呢，一樣要交出兩組美好的數字。不然，又得要檢視自己的課程了。

數據促成改革，這聽起來十分美好。但為避免改革追逐數字，這就變成了捨本逐末。但如此荒謬的本末倒置，的確在全港的每一間學校發生。筆者曾經在一所第一組別的法團校董會列席，該校的當然校董，亦即是校長向其他校董表示，如果自己的學校 TSA 三科成績不均是百分之一百，自己願意負責。校長追逐數據尚且如此，而且亦當此為成功指標，依讀者看來，這樣的教學是否已經變質？和你們心目中的理想教育是否一致？你希望你的兒女成為追逐數據的工具嗎？

不過話分兩頭，這也怪不了誰。如果你的子女進不了大學，子女回家訴說老師教得一塌糊塗，恐怕你也會追究到學校那兒。今日香港變成了一個服務型的社會，我們再難找到工廠搞旺工業，做工人不是一條出路，結果人人都彷彿一定要讀得一個大學學位似的，如果老師「阻礙」了學生的考試成績，老師當然是責無旁貸。對於老師來說呢？這些當然是壓力。數字不好看，老師的能力就受質疑，校長難聽的話雖未至於不絕於耳，但總有些方法傳到你的身邊，或是說成家長的聲音，但潛台詞也是叫你催谷一下成績。不少同工會因此主動操練。有些中學早在中四第一學期考試擬卷，已經直接使用過往公開考試試題。你說對於一個剛由初中升讀高中的同學來說，受不受得了？如果每科都這樣壓迫下來，課餘又因為「未達標」而補課，你說，這些學生在學校能找到半條活路嗎？這些苦命學生很多都在小二開始被迫做小三 TSA 試卷操練、小四小五又操小六 TSA，到中三時又多操一遍。操來操去，學生有這麼耐操嗎？所以，在今日的學校之中，的確是「彼此也在捱（黃霑，1978）」的。

能為考試數字「跑數」的老師尚算幸福，因為他們知道如何追逐數字。「跑」不了「數」的老師，有些還得要去坊間的比賽中拿些獎項回來，好等校長可以在門外掛上幾張和得獎學生合照的威風照片。老師在教學之餘，還得交際些教練朋友，甚至自己也得有十八般武藝，不單尋常的朗誦要懂，可能體操技術、3D打印、編碼程式、對聯、書法也要精通，否則縱有獎項，大家也只得望門興嘆。

但教師不是應該照顧學生的身、心、靈三方面的全人發展嗎？不是強調全人教育的嗎？如果學生本身不是專精於讀書，他們能有其他出路嗎？在今日扭曲的教育環境下，品格教育不能量化、心智培養不能量化、靈性教育不能量化，班主任培養學生的工作部分不受重視；德育及公民教育部分不受重視；甚至小至連語文課中的品德情意教育，亦極不受人重視。教師今日真是為了教好你的兒女而來當教師的？大部分老師曾經想過，要教好他人的子女，要為社會培養棟樑；但在教育現場，能頂得住大風大浪大海潮而不忘初心的、默默地做這些不被校長、不被家長認同和讚許的真正任務和工作的，又有餘下幾多人呢？

銀行經理的角色轉變了，老師的角色一樣轉變了，這個社會變革的洪流中，甚麼社會角色也不似二十世紀了。但家長、社會大眾對老師「春風化雨」的刻板印象和期許沒有改變。事實上，這種由「春風化雨」轉變成「跑數逐末」是變態而不合理的，只不過在教師供應供過於求、深圳河以北的新移民大學生大幅移民香港的狀況下、教師連一個安穩的教席也未必擁有的時候，我們說要自立自強，符合社會大眾合理的預期，已經似是天方夜譚了。再談理想會不會是太遠太荒謬？

寫到這兒，希望讀者明白，老師們不是諉過於人，但老師確實有其難處，而且在香港教師團體的無力及擁護建制的立場之下，大部分有心有力正視問題的教師，都是單打獨鬥的可憐人。只要他們一提出反對這種變態追逐數字風潮的異見，就會被視同異見者打壓，但離開這個教育體系，就連自己可以守護的那一寸土壤也要失陷。今日的教育制度，絕對是一種共犯結構制度，要克服要攻破不容易，還得要整個社會風氣變革，才可以看到曙光。

（二）學生上課做甚麼

「我讀書時都無咁多人喊話要自殺。點解而家咁多學生話要死？」這是不少香港坊眾會提出來的責難。這種責難不無道理，很多離開校園已久的人，對於那一牆之隔的學校，在做甚麼、在教甚麼，大概都不會太清楚。

今日一般香港的學校都是以全日制上課的。約莫八時就是學校開始上課的平均時間，而下課時間大概是下午三時半至四時。一般中小學都有供應午膳，而部分中學容許學生外出用膳，午膳時間長約一小時。但自從有些直資學校利用延長課時提供「功課輔導」，令學生下課時間逐漸配合成人的下班時間後，學生在校的時間就不斷推長。一般中小學生留在學校十一二個小時的光景，想必大家都已經見怪不怪。這好像只講了上課日的情形，假期大部分學校都有補課，小學開始就有交流團，近年推出「同根同心」交流團，貴子女還可以去中國大陸「享受」假期。

這兒容我先打岔說明。留校時間的長短對於不同的學生來說，是有不同反應的。你試想想，如果有些不幸稍欠書緣，怎麼學習也學不懂的孩子，你叫他們多坐一個小時、兩個小時，其實也於事無補。

正如筆者在上一篇文章所說，老師在今日的制度下必須「捽數」、「跑數」，所以有些學校為配合同工的目標，會將午膳縮分為兩節，利用其中一節補課。但值得留意的一點是，從來沒有任何學者研究過課時的長短與教學效能的關係，盲目增加課時，純粹是藥石亂投，對校長好交代、對校董會好交代的把戲，對學生「明理」、「長進」、「識事」未必有益。也即是說，無端增加課時，拖長學生在校的時間，其實並不是從學生角度考量，而是從方便家長接送、方便學校管理，甚至是因為「人做我做」的不良學校管理哲學而衍生的。

那麼，學生在學校，究竟是做甚麼？當然是上課和參與課外活動。

今日已經是二十一世紀的第十九年。我們一直在倡導以學生為本的課堂學習，但我們從未試過任何鬆綁的措施。你有沒有聽過在香港的中小學之中，你的子女若然遇到某個老師在某個課題之中講解不清楚，你的子女在某段特定時間可以改到另一老師的課堂上課？你或許知道新高中課程中，不同學科均有不同的選修單元，你的子女可以按自己喜好去選讀嗎？還是按你子女學校的科主任的興趣去選讀呢？這些答案都是顯然易見的。

今日的學校，雖然花款不同了、名目不同了，叫作新課程、新高中，但教法依舊，老師的想法依舊，最後的考核依舊。換句話說，我們在舊會考時代覺得無聊討厭的東西，今日死而不僵，而且若然你不幸不適合這套課程，你只能在這個遊戲呆足六年，每天花上近十二個小時面對自己難以面對的壓迫。老師們自己的壓力，還會移壓到學生身上。有些進取的老師，小測後還得重測，重測後還得抄寫，如此一來，對於那些在這遊戲規則玩不下去的學生，絕對是一種不折不扣的折磨。

當然，你還會提出異議，總有些學生在這種制度下學懂了甚麼，或是得益了甚麼。但我們設計的新時代的制度，不再像以前工業時代一樣要一將功成萬骨枯，我們重視人力的培養，也明白受社會教育成功的學生是社會的寶貴資源和中流砥柱，也是維持香港社會核心價值的根基。教育，本來就不應折磨任何學生，不論他們會讀書還是不會讀書。

除了課程，還有一個個的聯課活動。如果學生本身有嗜好與趣還好。如果像我覺得讀書百無聊賴的學生，今日的老師就會安排你去學習一人一體藝，可能給你十二節課的非洲鼓班，或是給你五節陶藝課程。聽到這兒，你覺得這比去上工聯會的課更浪費時間，因為起碼工聯會教你的，都是你自己想學的東西。但今日學校的課外活動、周會、和校外學習活動，無一不是由老師自己策劃的。這樣的學習經歷，真講求彩數與運氣，如果你遇上了那些保守的傳統老師，每周的周會都是請來些親華政要來發表演講，我想，你不討厭學校也不成。

但又話分兩頭，學生在成長之中，花了這麼多時間在學校，學校應該可以給學生安全的環境吧？這一點，我想你和我都有答案。我今年當班主任，班上的同學曾經向我這樣訴苦：「老師，找到你真難。本來今天我們想和你談談天，但你好像被拉了去開會，忙得很。我們有事也不敢和你說。」能夠聽到這些話，當然是我的福氣，對於更多教員同工來說，他們聰明的學生，甚至連這些話也未必敢和老師說。再者，和老師講了家庭的問題、成長的困惑，老師能守秘密，或是真的能夠替學生解決問題嗎？老師有時間有能力嗎？這個不肯定。

莫說還有些老師是「離地」得不切實際的，就算比較有心、「貼地」的老師，對於學生狀況許多都是愛莫能助的，一般真是聯上學生個案的時候，大抵都是問題已經發生，木已成舟，不能回頭了。

小學教育，家長還能夠補位輔助，但不少小學家長，對於今日小學極沉重的功課量已經叫苦連天。誰知到了中學，學生步入孤單自立的青春期，家長不能再肩托同學的半邊重擔，他們要走的路就更難更痛苦。

有部分弱勢學生在上課成長的孤單是不難理解的，因為缺乏了安全、多元的環境，對於學生而言，學校、課室自然是一個弱肉強食的環境。可能因為得老師信任而成為強者，可能因為友儕圈壯大而成為強者，但成為弱者的那一個，一定是極其不幸的一員。今日許多的校園已不再是那個大家在電視、電影看到的樂也融融、朝氣勃勃的景象。

我有其他文章講到校園欺凌，在此不重複。

但若論那些「成功」的學生呢？如果得老師相中，可能安排你為校爭光，多參加幾個比賽，或去辯論、或去政策研究，或者掛老師的名義去贏些學術成就回來，反正，自己的學生生涯，也沒幾多人說得準能由自己掌握的。

在今日的教學現場，學生們又獲得了甚麼呢？你覺得今日成功的學生，又或是大家所講的「狀元」又是不是如同你們心目中的精英模樣呢？又或者這樣理解，我們局限了學生的課餘時間，將課時不斷延長之下，可以「成功」的學生類別自然減少。因為在這些被動的環境底下，學生總得要自求多福。如果學生不幸遇上那些教學策略不對應自己學習習慣，即是大家所云的「唔夾」的老師，要成功還得要「開開外掛」，用自己課餘的時間來找家教老師或補教老師來補習不足。而對於其他的「多元成功」，即是能在課餘還靠運動、藝術嶄露頭角的，當然更是吉光片羽了。這樣的教育健不健康？公道自在人心了。但對於學生自殺情況來說，今日的主流教育模式，當然是出了問題。因為你不難看見，我們社會將學校視為唯一一個安置學生的場所，學校成了學生唯一的道路，而當他們對學校絕望時，他們就再找不到其他的出路了。

（三）家長對老師的常見誤解

在家長日中，我最常聽見的是一些晦氣話：「我教佢唔好㗎啦，佢都唔聽我講，老師，你幫我教返好佢。」

寫到這一篇，個案未必有普遍性，因為不同學校的同工面對的誤會，也因為不同學校的要求而不同。

家校合作，顯然僅僅是一個口號。這些年，我覺得最痛苦的一層，就是那種孤立無援的無力感。有不少忙碌的家長將責任外判給老師，這已經不是甚麼新鮮事。他們連照顧兒女的責任也可以外判給外傭的。但說到這兒，又不能不替家長們說句平反話，在今日壓力浩大的香港，工作，的確可以霸佔了一個勞動階層的八成時間，有許多人不得不外判自己的責任。所以我才更加覺得「家校合作」其實是一個不好笑的笑話。

寫這些文章不是要強調老師是甚麼天下間最苦的工作，較老師辛苦的行業，還有很多。寫這些文章，只是希望大眾明白，我們這個行業之中較為有心的同工，在社會大眾誤解和自我期許之中，找不到出路和生路。

那麼，老師今日餘下甚麼「能力」？以往的老師有甚麼「能力」？

一九九一年前，香港的老師在特定情況下可以體罰學生，現在沒有這種權力了。但對學生施以精神壓力、辱罵、羞辱、發動集體欺凌，這些新花樣的異種暴力，就依然存在的。也應該這麼說，有機構公權力的個體，本身就可以以行政暴力處理問題的。

只是，並不是所有老師都可以施行「行政暴力」。在投訴機制及傳媒關注之中，總有些無權的弱勢老師，考慮如何處罰學生時就會變得很保守，或是極為官僚，甚至因為自己權力之小，對於真是出了問題也噤若寒蟬。

讀完這兩段，你看到那些害群之馬的心態了嗎？這些「罰則」不是用來折磨學生、也不是為老師出氣，本身處分、訓導系統，純粹是為了教導學生，立心只應該從改正學生行為出發。但只要一轉角度想，你就明白為甚麼這一行這麼多心理變態的教畜。

他們教上了某個年頭，以找學生麻煩為樂。處分到某個階段，變得神憎鬼厭，學生放學都不來找他們了，他們只要講過了那些超渡似的課，就可以輕鬆下班；對於學生個人成長，就大可以置若罔聞。如此的老師，你沒遇上過嗎？你覺得他們可以教好你的兒女嗎？

老師能夠做的東西多嗎？不多。但如果老師懂得玩這些森林法則，他們就會比其他用心的老師更舒服。騰出來的時間還可以多寫文件爭取升職呢！

說回正軌。老師的「能力」真是愈來愈少。筆者曾任職於一所直資學校，那兒的科主任局限了每級的進度和教學內容，就算你明知那些內容沒趣無用、學生不會有得益，但在「統一」進度指示下，你不得不教，工作紙不得不交，進度不得不跟隨。教不及，就算是中一，還得要午後補課。現在這例子，還沒有說自己的班中還有不少確診學習障礙的學生。但「統一」進度，在各學校根本成了必然的事。近年報紙常常講到小學那些不合理筆順要求，其實許多小學老師都知道，但囿於查簿制度，層層壓迫，前線老師必須跟隨上級主任的指示，一撇一捺、一勾一點都要捉出錯處來，這種的荒謬，也是無可奈何。（具體查簿之惡在後文還會提及。）

基層老師未必個個都有剪裁課程的權力和挑戰不合理要求的能力，在這些權力架構下，他們有異議就會被當成滋事分子。雖然他們看到問題所在，但也只得一種無力感。

家長未必會理解這些東西的。他們看到子女的功課，在那一刻，覺得這些老師十分無能、或是教學制度無用，這也是無可厚非的。於是家長對老師的不信任，就與日俱增了。

在這兒容我多講一個這幾年看到的現象。這些年，同工們都聽到家長們打來投訴，說出一個很不合理的要求：「老師，能不能幫我的子女課後補課。」

所謂不合理，不僅僅因為那些學生在同事的課睡著了，醒後才來討補課、或是同工明明已經在課上教妥，甚至佈置了不同學習差異的功課；而是家長們覺得，學問總得是由老師塞進學生口袋，才叫學問。如果學生真的有不明白之處、或是真心求教，他們不應該自己主動提出補課，或是向老師提問嗎？

學問不是一顆糖果，不是我給、你拿就可以獲得的。總得要那個求學的人，自己真心誠意踏上求學之路，一步一腳印行近學問的泉源，才會學到的。

當然，香港老師本身的學術能力也是為人詬病的，我曾經在某場公開課中，聽過有同事教「夫人必自侮然後人侮之」的「夫」讀成「膚」，成句就變成了人家的太太自我侮辱，鬧出笑話來了。也不難看到有些同工言談粗鄙，對於一般常識亦甚為欠缺。而如果你看過某些資深老師教授英文，你更加覺得學懂英文是天方夜譚的。當然，這些不及格、貽人笑柄的教學場景不知還有幾多，但老師真的有空間去不斷進修嗎？

今日教授通識科的老師，有不少都是「中途出家」的，他們或許是工科老師、家政老師、地理老師，對於講明通識內容或是教懂學生思辯能力，未必有一套有系統的學習經驗，那麼，被這些未準備好自己的老師所教的學生，是不是又有點不幸呢？

這歸究於甚麼？可能是老師本身的能力，也可能是學校的行政安排。有些老師本身不是專讀某些科目的，但因為課程改革被調進那些科目任教，這是極為不幸的。老師受制於薪酬及終身合約的局限下，有這種將就，絕對是難以避免的。可幸是香港升讀大學的文憑考試並不是要教甚麼高深學問，一般來說，老師只要有心進修，東西還是可以學懂的。

但又回到老師工作量太大的問題上，在第一、二篇之中，我們已經說明過老師要比萬能俠更萬能了。如果每周工時超過六十小時的員工，你認為他們應該去進修嗎？所以，這根本就是一個死局，一個不可破的死局。不過，社會大眾或者不太明白，於是他們當然會誤解，你是中文老師，你的中文必然會怎樣怎樣；怎麼你是老師你還不懂這些……先不說那些落伍了的同工，根本老師總有些盲區，我們的學識總是有限的。

不過也正因如此，學校內總有一種不良的風氣，就是不鼓勵學生「轉益多師」，即是不鼓勵學生向不同的老師請益，但這是另一個話題了。不多述。

還有幾句氣話，我一直想說。這幾年我一直都被評論為「麻煩」、「多事」的教員。因為每逢合理的教育變革，我都會跟隨，遇到不合理的指令，我會提出來討論，職場上的針對與壓力當然變得極大。我在此不是鼓勵其他同工都一起這麼做，畢竟大家的背負和成本不一樣，大家本身的情勢亦不相同。但我總是想，如果我們每個人都在制度下噤聲，那麼制度會不會吞噬了我們，令我們成為自己不想成為的那個人呢？我們入行前的本心是甚麼呢？社會大眾對我們整個行業有誤解，這是正常的。因為我們這個行業的透明度低，而且具有某種前人留下來的社會地位，但我們業界本身如何才可以做得更好、修正制度上的根本問題，這還得大家咬緊牙關，守住那顆愛惜學生的本心才能做到。

（四）校長角色的重新定義

在不少香港讀者的印象中，校長就好像是曾鈺成、司徒華那種決策強硬、性格鮮明的老師。但其實在教育改革之後，校長的角色，早就不如大家心目之中所想。

雖然，今日的「校長」並不盡如《逃學威龍》那個見錢開眼的「金經理」般滑稽，但你用看「金經理」的角度來看二十一世紀開始出現的校長，你對教育界的理解就不會再伴隨忿恨。

怎樣才能做校長？

隨便問一個學生，他們都會以為，任何一個老師都可以「升」為校長。這個想法或許又是你的想法。事實上，香港特區政府的教育局在二零零三年起，就開始了所謂「校長持續專業發展的理念架構」政策，用大陸人的說法，從那天起，校長就變成了「持證上崗」的一個職位。做校長，得先去讀點課程。這個無可厚非。

但「擬任校長」的老師，除了要在學校蹲若干年，還得要報讀「校長班」。「課程」會建議這些資深老師先去中國交流，為日後締結姊妹學校的工作鋪路。如果那些激烈反對中國的人，在二零零三年開始，就愈來愈難成為校長。讀到這兒，你也不難明白，今日香港教師如果有些反政府思維而公開反抗的，在今日的教育界，要立足是何等艱難。我不會用「寒蟬效應」來形容今日的狀況，但今日的教育界，大抵只留空間給明哲保身之人。

而這個世代的校長無節無義，甚至會支持教育局不利學生的政策，還不是因為有校本條例。教育改革之中，合約制的引入不僅影響基層教師或新教師，而且影響校長。校長合約或一年或兩年長，然則丈量校長是否能留任，校長就得做些「指標」出來。校長會收集一個個的數據，為自己「創造」業績，例如學校財政是否收支平衡、「遲到數字」的改善、TSA 合格數字，甚至收生數字等等，這一個個的數字，都可以化成校長合約穩定性的憑藉。之前那間「影子學生」極嚴重的興德學校，那個在鏡頭前哭哭啼啼的餅卡校長，之所以能討得合約，大抵和倍大學生數字極有關連。

用這個角度反過來想，所有在這個教育生態冒出來的「校長」，都迫不得已地追逐一個個的具體數字。所以每當出現甚麼大是大非、社會議題的時候，這些校長自己都自身難保，還談甚麼保護學生呢？

這都說得太抽象了。的確有中學校長，為了增加中一收生無所不用其極。近年不少學校都有所謂的「外賣課程」，也即是派原有學校現職而任課比較理想的老師，到收生目標小學教短期課程；這種事情好像已經不是甚麼新鮮事了，反正校長和老師說明，不去做「外賣」，明年學校就會有甚麼危機：或收生不足、或縮班、或大家的教席會超額，於是大家都自動地去擔任這些原本看來不合理的苦差。

校長是扭曲教育的其中一個兇手。

校長要維持自己的工作，就得要維持學校的安穩；維持學校的安穩，就得維持學校的收入。他們於是會接納大部分政府批出的資金，然後執行政府的政策。例如每所學校在推行以普通話作為中文課的教學語言後，都能有額外資金聘用老師，於是校長就必然會接受這種普教中政策，縱然普教中對於教學質素無甚幫助，但因為資金的驅使，校長也要數據好看，就會樂於推行普教中。類似情況也出現在「德育及國民教育科」，即被社會識為洗腦科目的那一科，只要有錢，校長就樂於推行，因為根本不需要校長親自推行，收到錢之後，聘一兩個新老師，給一些機會予要升職的老師推行就好了。政府也不是求看到甚麼成績，反正只要有若干學校推行，推行的情況具體如何，到時再算了。

校長不再有風骨，不再會保護學生，這也不是甚麼新鮮的事情了。他們絕對會主動報警告發學生，他們需要向校董會說明嘛。他們還得要留個後路，日後做些甚麼有利自己的事呢！香港有不少退休的校長，加入了甚麼甚麼的校長會，在發展餘溫餘熱，去不同的中小學推銷一帶一路，平時還可以和前特首一同參觀大灣區呢！你說他們還會不會有政治立場？當然有，支持政府的政治立場嘛！

校長變成一種討厭的生物，也是學校問題的根源之一。因為校長工作的時限性，校長必然會急功近利，而有些老師「明白事理」，會做出一些「逢君之惡」的行為，也就是依著校長急功近利的心態，去做一些不必要的事情，以博校長成功，帶挈自己。最常見的就是學校的重建、工程，這些事情似乎不影響學生，又能令校長取利，就算有甚麼差池，也不過是幾年後的事了。那時候，這任校長可能已經轉校，問題又已經消失，而工程差事重要，老師升職有望，如是的生態，近年的確不少。

校長的角色在新時代被重新定義，再也不是那些領導學校如沐春風的領路人，也不再是為學校遮風擋雨的大家長，校長，多數不過是一個圖利的經理人。當然，偶爾也會有些不事事的無能校長，對教育的破壞較少，如果在這個時代遇上這種校長，你或會讚嘆是幾世修行，但在這種人的管治下，學校就更加是弱肉強食，無法無天。可見在這個制度下，學校根本就是全面的崩壞和失衡。

失衡的出現，迎來一個又一個的不幸。教育變壞，也是源自這種原因。

（五）學校真是學校嗎？

不知道從那一日開始，我在夜裡回答家人，說我在「公司」工作，而不是在學校。因為我打從心底覺得那兒是公司，一所跑業績的公司。

教育機構，追的當然是數字，面對的原來又是市場。於是市場需求甚麼，他們就供應甚麼。家長覺得中學文憑考試太艱深，於是有國際考試需求，有些學校就懂打開一條IB課程的血路。這種學校叫直資學校，由政府直接資助，只要他們不接受統一派位，自己處理收生問題，課程就有如此的彈性。

津貼學校以每班計較津貼，按班算額計算教員人力，然後根據實質聘用狀況批出款項聘用老師。直資學校方便得多，用每名學生人頭計算，每人等於若干撥款，除此之外，學校可以自行籌募經費，彈性大得多。

這樣學校與學校之間出現了一種特殊的競爭生態。有些不收學費的直資學校就競爭人頭，因為每個學生都是錢；有些收學費的直資學校就競爭高消費學生群，因為連校友都是錢，他們錢多的時候，連買地都不成問題，新校舍的興建當然也不是甚麼障礙。一般津貼學校呢？競爭剛好夠班額的學生數目，因為多了不添錢，少了就缺錢。

如此看來，學校真是學校嗎？學校還是學校，因為學校的體例還在，還會教學生，還會執行政府的教育政策。但直資學校現在也可以變成公司了，因為學校的存廢，就在乎業績的多寡了。津貼學校呢？變成了改革開放初期的國營企業，他們還有空間閒著，也不愁衣食，有些被迫進死路的學校還會有政府的「保教席」政策保護呢！他們根本無動力作任何改變。不過，在大氣候的氛圍下，他們還是會變得主動地與「家長合作」，因為當人數跌到谷底的時候，他們還是依稀有結業的危機。

在台灣，只要你住在校區，就自然會入讀某所學校，連選都不用選，除非你付錢去唸私立學校，否則一般求學、學位供應，根本不成一個社會議題。不過香港的教育體系就不同了，我們有得揀選自己喜歡的學校，於是學校就各顯神通，不同學校都會找出不同的「亮點」來。家父當年為本人揀選中學，為的只是求學校有泳池，大抵能教懂我怎樣游水，於是才報讀的。但更多精明的家長呢？他們在選擇學校的同時，明白到成長的過程如要提早成功，選擇交友圈也是極為重要的一環，他們明白，人脈才是在這個社會的致勝關鍵。於是某些直資名校也看準這個機會，用高價格的學費作門檻，令收到的學生天然地形成一個中產以上的俱樂部，他們甚至會發行債券，家長如希望自己的子女入讀，就得先乖乖地付發展基金的錢。

但學校也不是一味的苛索，他們絕對會因應家長的不同願望，提供各類的教育機遇與服務。只不過這些都是可見、可量化的「教育產品」，對於學生的心靈教育、價值教育，他們也會供應一些由大學推行的「禪修」、「靜觀」課程，但在這種大氣候下，恐怕這些「資優課程」，就未必如大眾所想，可以淳化人心，而不過是徒添學生幾個成長小時的教育罷了。

這些學校，是你們心目中的學校嗎？他們可以做到大家心目中的教育功能嗎？又或是這樣說，在這樣異化的競爭之下，還有幾多間學校可以好好地教授學生社會正確的價值觀，而不是迎合家長的各項需求？學校有沒有能力去教化學生呢？這確令我們充滿迷思。

第二部分
誤解與迷思：學校的必然「不幸」

林麗棠老師。

天水圍東華三院李東海小學的圖書館主任。準確些來說，是前圖書館主任，因為她已經不可能再上班。

在二零一九年的三月六日，林老師選擇在校內跳樓，結束自己的教學生涯。

在一場舊生聚會之中，其中一位十分高大的男孩子，說他在小學階段被林老師管教過，他回想起林老師的認真、有愛心。在圖書館中，林老師看到他做功課，還會主動關心看看他做得對不對。老師離世的新聞，對他來說十分震撼。也教我們整個香港十分傷感。

教育局的官員在一場天主教的教師培訓之中，談及了這件事，輕輕地用「不幸」去略過用血控訴教育制度的悲歌，事實上，在很多人的心目之中，「上班自殺」這些事，仿佛只會從富士康那種中國式「血汗工廠」出現，許多人都沒想過這些事會從學校中醞釀出來。

因為他們從沒有想過這些名詞會殺人：

校本管理。
三年計劃。
績效評估。
數據指標。

當然，也有些犬儒會憤世嫉俗的說：「學校連逼死學生的事也幹得來，逼死老師稀奇麼？」說到這兒，我也不知道該從何反駁。因為我們今日的教育，已病成一種不可挽回的異化狀況。

在林麗棠老師跳樓之前，有這麼一宗的法庭新聞。

事發在二零一七年。

一位訓導老師，因為學生翹課而致電其母。學生的母親在法庭上憶述，老師當晚來電告訴該學生，他或會被記大過，而該學生在電話中向老師哀求：「求求你，放過我，我下次改！」最後學生沒有再回校，因為他已經跳樓自殺了。

看到那條鏈嗎？一環扣一環。老師會逼死學生，校長會逼死老師。層層相壓。葉聖陶口中的農業教養，孕育未來，在今日已經難以存在。今日的學校，在「異化」之中，已經變成了一座座的修羅場。（順帶一提，雖然我用了「逼死」學生一詞。但那位老師按道理只是程序出錯，他在學校的遊戲規則中沒有甚麼「責任」。）

好端端一個老師，該犯不著要自殺的。但為甚麼仍然有這種悲劇發生？

法國社會學家涂爾幹早在一八九七年發表了《自殺論》，試圖歸納了一些自殺的成因。自此，我們聽到利他自殺、失序自殺等等字眼。但說到林麗棠老師的死，大概也只能歸納在宿命自殺了。

宿命自殺，也像希臘悲劇似的那種自殺情景一樣，由環境、性格局限而成的自殺。在此，我無意歸究任何人的自殺是必然發生，只能夠慨嘆一聲，人世間，本來就是一個大悲劇。

但你常常聽到、看到的學校故事又是怎樣的呢？真的是這麼嚴肅的場合嗎？又好像不是。

學校的荒誕是一般人難以想像的。不過在這麼一個封閉的安全環境，其實甚麼事情都可以出現。

例如：

屯門的興德學校，老師在告假之後，要自備餅卡慶祝自己病癒，而且老師居然是跟隨校長指示，每次都如實呈交餅卡。莫說這是有貪污之嫌，在學校告病假，除了看醫生拿醫生紙回校外，還得認真補上餅卡，這要是多奇怪的學校，才會孕育出這樣的風俗？

但又這樣回頭想，在一個狹小的校園，老師因為人工過高而失去了職場的流動性，他們跑不掉。來一個怪校長，他們就受一份怪政策。

餅卡校長不稀奇。有中學夾錢到大陸消費，在薪金扣除每人每年四千元去聯誼的故事，之前也在有線新聞報導過了[3]。

3 有線新聞：〈有中學被投訴以教職員戶口收發展費〉

一份工作，在壓迫的空間之下，看不見光，也好像沒有了真理是非，於是大家都在默然之中漸成變態。明明天職就是傳道授業解惑，但在扭曲的環境之中，我們變成了複製權威的機器。每個教育工作環節都被迫變態，只是變態的程度有所不同，有些「適應」了環境，完全變態，就由教師變成了教畜。有些沒有完全變態的，那要不就是受制度折磨、要不就是被這種機制消磨。

林老師的故事也大抵如此。學校本身，就由政策開始，塑成一個個的宿命格局。

宿命，也就是環環相扣的每一項。

有些人會怪罪於校長。校長當然是問題的其中一個主因。就如與德學校的例子，換掉了校長，那個餅卡鬧劇就沒戲可唱了。但校長為甚麼可以公然招搖收餅卡，或者是因為校董會的默許，更大可能，是因為員工之間的啞忍。

學校的荒謬，就是每人每日都在指鹿為馬的環境之中生存。而這種情況，在小學的表現比中學更嚴重。老師之間，能察覺並將問題提出，已經是萬幸。這源於學校的功能：權威人格的建立有關。

1　先從集體謊言打響的反制壓策略：量度體溫防感冒

自二零零三年開始，每到流感季節，學校總會發一張通告諭示學生，每朝回校上學前，先量度體溫，固然有部分的家長認真執行，但隨著學生年齡愈大，這張通告，就愈不奏效。學生如果要面對嚴格的檢查，就自己摸摸自己的前額，填個合理的數字，然後就叫父母簽名，或自己簽署。學校方面呢？或檢查、或抽查、或即時再量度體溫。但按你的經驗，你認為校園爆發流感、手足口病等傳染病的個案有減少過嗎？沒有。顯然沒有。這個動作，只不過是學校用行動證明給你們看，我不介意你撒謊，我介意你不撒謊；甚至是傳遞一個「我要你撒謊時，你就得撒謊」的訊息給學生。在這種大氣候之下，或者作為家長、學生、教師的你會心存懷疑，但又有幾多人會挺身而出，反對「量體溫」政策？這種似是無關的「錯誤訊息」，其實就在樹立學校的絕對權威。這些東西都是一步一步來的。量體溫可以不明不白，那麼天氣寒冷要不要死跟學校的校服政策，穿那些不保暖的衣服呢？這又成了另一個戰場了。日累月積，人們會慢慢對學校的政策不反思、不質疑，直接跟著做，做個好寶寶、不惹事的人。那麼，作惡的人，作惡的機會就來了。

2　再從無關痛癢的細節折騰：死板的剔捺勾點

此處再談到查簿，查簿是一件可怕的事情。有些學校是由老師呈簿到校長室抽查的，有些學校更奇怪，是由科主任直接坐在老師的辦公桌，查核老師平日的作業本的。

這兒再容我拿自己的本科作例子。中文老師一定遇過這種折磨：無聊至極的查簿遊戲。小學老師總會被科主任、副校長糾正每個字的筆順和撇捺方向，有更甚者，還會查其長短，如果你沒清楚指出學生的「黃」字中間的一直沒有「穿頭」、或是「陳」字的阜邊(即坊間所謂耳仔邊)比例不當,就屬於批改不仔細;有些學校更要求老師在「關鍵字」上逐筆像字帖似的寫給學生看。批改不仔細問題可大了,小則重新檢查作業,即是將課業重新呈交予管理層再審視,大則面臨警告。如是例子,放諸其他科目,又一樣是可以雞蛋中挑骨頭,例如算術的直式不夠直、數位有半格的位移而沒有指正等等。到中學,這些遊戲又可以重頭玩一次,例如學生有沒有就自己的課業寫目錄、有沒有填寫自己被批改後的分數、有沒有在自己的錯字旁邊做改正等等。這些無關痛癢的細節,為的不僅是消磨老師的意志,更是要令你覺得麻煩,在大大小小的事之間,不再與管理層作衝突。

如果你不聽話,與管理層衝突會怎樣?我在不同的學校有親身的經驗。具體來說,他們會先和你辯論,拗不過,就在其他的地方為你的工作添麻煩。畢竟一個老師要和管理層交手的地方實在太多，他們可以在試卷上、衣著上刁難你，甚至無聊到連周會的坐姿也可以刁難。久而久之，大多的教師、學生，在這些無聊的空耗之下，會自動噤聲，一連串的惡政便可以在此蔓延滋生。

不是沒有人仗義執言，而是我們在每日之中，撲滅了那些敢言的人，令每一把聲音，在今日，都變成了孤軍作戰。

新聞裡是這樣報導的。林麗棠老師的通告出了問題，於是被校長召進校長室，林老師哭著出來，校長還打算給林老師警告信。如果讀者是明白人的話，應該知道，學校的遊戲規則之中，只要收到第三封警告信，那麼你就有可能被解僱。而老師在一定年資之後，他們就會因為薪金與主流的企業出現頗大的差距及日常工作的蕪雜而失去了競爭力。林老師不可能在公共圖書館找到館長的工作，其他學校一般也不欠圖書館主任，於是林老師在這種壓力下，負責任地選上了一條大家都不願意看到的路。那所學校，沒有同工夠膽在校長的壓迫下，在林老師死前為她去爭取甚麼，到林老師死後，才有一個半個匿名的同工向記者透露自己的想法。不過也怪不了誰，任誰也不敢，換成我也不敢不噤聲，因為這就是香港，誰能猜到下一個會不會是自己。一個個荒謬令不合理的事每日發生，也令嘗試營造合理環境的人必遭不幸。這樣的教育，不是壞了，又是甚麼？試問誰又可以不難過。

（一）不幸的堆疊：

當狠話說到最狠時，你的不幸就成了我的不幸

老師在課室內訓斥學生，不為過分。我相信大部分家長都認同這個說法。只是老師的措辭，就絕對值得關注。因為大家都明白，老師說的一言一語，會影響學生終身。而學生在這種奇怪的批評之下，成長當然會遇上桎梏，不一定每個學生都得所解窘，有些就記掛終身。

又或是這樣說，言語發自心聲、辭令寄於學問，一個人所講，或多或少反映其想法，如果你也同意這種推論，那麼在看到一些為人師表的言論時，你或會覺得心寒。

之前有一宗這樣的法庭新聞，說一位財金人士最近因為想起就讀小學時被老師稱為「藍廢紙」，然後懷恨在心，長大成人出來工作之後，用一疊鈔票打在該小學老師的臉龐，說是要教訓一下這位拜金的老師。這樣的故事我們聽起來很獵奇，但其實老師們說的那些話，的確是要多狠就有多狠。

1 「你再唔交功課，我切咗你碌嘢煲湯。」

這不是杜撰的。而是在一所第一組別名校的數學課傳來的一段話。老師是十分認真地追收功課，不過措辭比「爛仔」（小混混）更爛。老師的不當用詞，在同學的畢業謝師宴期間重提，他們幸好沒有當真，欠交習作的同學也沒有遭到不幸，那位老師在那個學期的終結，又流浪到其他學校去，這種狠話，當下變成笑話，但卻令人深刻。老師說些甚麼，真的無人可管嗎？

這牽涉到教學自主的問題。老師的教學內容當然不可以隨便被干涉。但既然我們說到學校權力這麼大、權術這麼豐富多彩，而這些狠話明明就令人不安，也侮辱教師專業，難道學校都無能為力嗎？原來多數學校，對此都只會不聞不問。因為一者，不經投訴，他們多數不會處理；二者，老師一時在班房所言，難有實證，查來又會影響校譽，這些東西都只能當作秋風過耳。

但如果有一天有一個學生覺得這些話是來真的，覺得自己真的會被變態的老師這樣性騷擾，記掛良久，這種同學的不安，又能向誰訴說呢？

2 「吓，文憑試得十五分唔係好高咋喎。」

這是近來一位思想成熟的畢業生和我重提的。這句話不是我說出來的，因為無論幾多分，都是一個學生努力所得。不得說學生的努力不重要，也不能輕視他人的努力。

但的確是從我的同工口中說出來的。我工作的學校，就是大家常說的那種第三組別學校。第三組別的升大學率偏低，歸究在收生、教師的水平、和學校發展的限制與不幸。而第三組別的學生，也就是家庭支援相對不足的學生，學生的好壞只能視乎他們自己是否「生性」。依我工作的這類學校校情，學生有空就去找兼職，多賺點錢安身立命（或是享樂），只有少數人會去花錢補習，而這位畢業生，當年亦復如是。在文憑試能考取十五分，雖然不能考進大學，但他能夠入讀他預先選定的學位，也本是甚為難得。在我看來，這已經是恰如其分。

只是太多老師活得麻木，像我這一位同工一樣，自己僥倖考進大學，就看不起選擇其他出路的人，於是話可以說得十分狠。「十五分」、「十六分」對他們來說，只不過是一個「失敗」的分數，因為這些不足以令學生進大學，對學校的升大學率無甚幫助。但其實在世上，分數又怎能去權衡一個人的一生成敗。

這位畢業生也沒有再怎麼的憎恨，只是這番說話說了回來，我覺得還得要寫在這本書之中，和所有的朋友都說一聲，每個人在他們的努力之後，所得的就是他們的榮譽。那一刻，就是他們生命的分數或是成就，我們否定他人之前，還得想想自己和他人本來的人生。

3 「正常學生應該識計呢啲數。」

這句話是從一位不想回答學生如何作答某題算術題的數學老師口中說出來的。多麼傷人，「我提這個問題，是因為我不正常嗎？」那位聽到老師這樣說的同學有天來問我。我開解過那位同學後，還是覺得這種老師十分討厭。但我們都是奈不了何的，因為他們「沒有做錯」，也就是沒有犯甚麼教育則例上的規條，只不過是說了些不合學生聽的說話，學生聽了有反應，甚至是可以歸究在學生抗壓能力低。學生覺得這種老師不近人情，下課也不會找這些老師問功課，於是他們可以準時下班。

另外也聽過的類似說法，是從一位中文老師口中說出來的。他嬉笑怒罵的說：「唔合格的都是人頭豬腦。」何等侮辱，但他說得何等的不著痕跡。反正他們說了，倒不用負甚麼責任的。

這些不是教畜是甚麼？也恰巧是最懂玩這些校園規則的人罷了。他們的心力就在如何化解學校的工作，即如何在吃盡學校的薪水、職位之便之後，做最少的東西。他們不介意傷害學生，只要那種傷害不至會影響自己的工作。他們記住每一個程序，每一步都是跑程序、合程序，他們錯不了幾多，就連那三次「警告」，也永遠不會遇到。

有人說，學校是社會的縮影，社會上的言語暴力，老早就在課堂之間，壓在學童的身上了。於是那個長大後用錢摑老師的故事，在網絡上得大多人之稱讚，也可算是這種壓力的回彈。

4 **「除咗教書之外，我乜都唔識。」**

這句話是在教員休息室，一台卡了紙的打印機旁的一個英文老師口中說出來的。事實上她的教學水平也為人詬病，但反正在二十一世紀的教育改革下，她可以大條道理的說，除了教學以外，我甚麼也不懂。

對呀，不少老師都說現在做教師壓力可大了。一個老師不單要教學，還得要推銷學校，甚至要在聯歡上獻唱、在校慶表演，或要懂打舞台燈光、或需懂操作音響。但為甚麼還有人可以說自己甚麼都不懂做呢？這也是制度之惡。

在一個辦公室之中，除了天生是當奴隸的合約老師，另一批就是長約老師。他們當然在沒有縮班壓力下安然空耗，除非他們的年資足夠了，學校升職的主任空缺、副校長又來了，不然，他們大可以每日行禮如儀，不做甚麼額外的東西。遇事遇故，只消用他們做甚麼就做砸甚麼的策略，慢慢他們就可以成為被束之高閣的閣老。如果他們僥倖的話，還可以逃到初中初小，一直都不用面對任何的考試數字壓力，每日就靜候月尾支薪的佳期，在勞碌的工作間做一個幸福人，靜看他人做自己本該做的本分。這種老師，你和我都見得多。有些時候在家族聚會之中，聽見族中長輩比較大家都是「教書的」，為甚麼表哥某就這麼閒，你就不可開交時，我總想仰天大笑。因為每次只要想到在這個行業之中，只要你肯「負點責任」，你的教學生涯就注定不幸。

這個段落寫來，不僅是為了告誡同工慎言慎行，也因為說了些話，已經足夠影響其他人的人生。老師可能因為自己成長的不幸，而不自覺地認定了這些說話無害，而對學生說出了這些話。其實老師的一言一行，不單應該是學生的楷模，也應該要想及學生本身，因為他們人生起初的三分之一，也要對著「老師」這種人。

而在這幾個狠話例子，大家清楚看到了嗎？今時的教育是一個汰強留弱的系統對不對？這種制度天然地賞懶罰勤，令無心教學的老師輕易地為害整個體制。不為學生喜歡的、令學生受損的老師，反而在這個系統下得所保障，因為他們雖然對學校有害無益，但卻沒有與管理層對抗呢！而他們每日的存在，主要是對管理層推的新政陽奉陰違，又或是在傷害、教壞學生；當然，其中也會有較為高尚的教畜，也就是慵慵懶懶，不求有功、但求無過。除了靠老師本身的自律，我們能做到的根本不多。這些還只不過是表面的問題，還未探究到有些老師學術水平不足、每天在課堂上教授的不是正確知識等問題，純粹談言辭的細節，也看到今日教育工作者之間的無心與敗行。這種教育，能夠不腐朽嗎？

（二）面對不幸，我們有沒有制度去匡正這些事？

看到這兒，你或者會問：真的沒有人發現有問題嗎？沒有人想過要去改正問題嗎？我們的教育系統本身的設計沒有修正機制嗎？政府每年不是都在做質素保證機制的視學嗎？

的確有。但這些機制都不是為了改善這些「不可見」因素的。

這套機制只為了幾方面的事幹。

一般來說，外評看的是「學與教」水平。在二零零零年後的殺校風潮之中，時任教育統籌局局長李國章曾經說得清清楚楚，「學與教」是香港學校表現最差的一環。質素保證機制，也即是學界常說的「外評」和「ESR」，去學校要查考的，絕不是老師對學生的心靈傷害，而是所謂的「學與教」成效。所以甚至他們在外評期間不幸聽到這些喪盡天良之語，他們也未必會有所行動的。他們要查考的除了是客觀的升學數字、TSA 數字以外，就是每個老師的提問次數、提問技巧、教學步驟、課業設計、課堂順序，好不精細，甚至連老師說話的態勢語他們也有講究，也就是站姿如何，寫黑板時有沒有擋住學生的視線等等，因為教育當局的專家認為，這些統統都和教育效能有關。但對學生應不應說的話、老師會不會說出傷害到學生心理的話，他們就推到「相信教師專業」的口號上，避得一清二楚。除了這種隔靴騷癢的原因之外，老師平均每三四年才須要面對一次外評，每三四年才齋戒一次忍忍口不說那些爛透的傷人話，也不構成甚麼困難的，所以根本查無可查。值得一提的是，學生自殺並不是觸發學校被外評的原因，被外評不過是因為「時間到了」，或是學校縮班殺校的「特別視學」，否則這套機制根本不會無端運行。

另外一項查考的是校風與學生培育，但外評隊到校只留五日，畢竟他們要查的學校遍佈全港。首日是查閱報告，中間三日邊觀察邊寫報告，最後一天向學校「回饋」。而外評隊伍的構成由借調的老師和校長，加上教育局的公務員，他們對教育現場有一定的看法，於是他們每次到校，為便於書寫報告，就細讀每間學校的「情意評估問卷」數據。對呀，是看固定相似的數據，而不是聽學生具人性化、多數的意見。到看完數據，他們才會去聽聽某些隨機抽來的學生意見，然後再審閱遲到數字、缺席數字、輔導老師個案數字。對呀，又是固定的數字。他們不會真的查核某個個案、某個人怎樣看，畢竟，數字才是既客觀，又能快速構成報告的關鍵要素。於是學校為了追逐數字，他們奇招百出，有些學校在學期初的時候會順道做情意數據問卷，再著班主任去考察數字，和學生談談為甚麼這樣填。學生感到麻煩，於是在學期末填同一份問卷的時候，就自然心領神會地填些好看的數字上去。一來一往，就算原來的設定多麼美好，最後得來的，都是一個個無助學生成長的謊言。

然後還有學生成就的範疇，這更加對學生的心理、學生的壓力無益。一所學校的得獎數字、得獎情況，都在這兒表達。亦正因如此，任何學校都得去派員參加那些造作的朗誦賽，甚至是一些古怪的創作比賽。也為了湊合數字，我看過一些中學連填色比賽都不放過，亦因為有這些需求，坊間連麵包店發起的徵文比賽也能吸引不少學校參加。為了脫穎而出，一些學生家境富貴的學校，或會去參加國際賽，甚至參加一些有特定門檻的賽事，例如天文觀測攝影賽，反正大家都是在炫獎，至於學生心裡所想的，又有誰會去管。在這兒還會衍生另一重問題：得獎的就成了學校的寵兒，他們甚至可以隨學校出訪歐洲，有些奇妙的學習體驗；而那些「平平無奇」的，就更多在沒有人知道的角落裡度日，或就只能流連在網絡上的討論區，找找那些同樣被忽略的聲音。

教育當局所求的「質素」，要的都和學生本身成長無關的，它想要的只是學生表現而成的一些「數據」、「數字」。這種機制不但不能保護學生，還更令學生無助。因為老師是否關懷學生，在查核之中，根本不被重視。「識得玩」的老師，按這種規矩做，就只會做妥每一份問卷、盡力捕捉每個獲獎的機會；要用心關懷學生的老師，也得先去「做妥每一份問卷、盡力捕捉每個獲獎的機會」，然後才抽空去關懷學生。如此想想，老師真正能夠投放在學生身上的時間，又可以有幾多呢？教學的本質，也就是人的成長，從不在他們的關顧之列。如是我們可以下一個定論，在二零一九的今日，教育制度，就出現了必然的不幸。

不要再問為甚麼每個學生都不開心。這根本就是制度生成的不幸。

（三）教育改革呢？做到甚麼嗎？

我們常常聽到一些教育改革的宣傳。最有名氣的應該是「從愉快中學習」，也就是那些「求學不是求分數」的口號。不過這些都已經過時了，最熱門的口號叫作「學會學習2+」。

教育改革原意是為了令學生在變革的世界之中掌握新的技能和知識，以正確的態度去面對變化。但如果你登入教育局的網頁看看，「學會學習2+」其實是甚麼呢？

根據教育局的網站[4]，「學會學習2+」其實是老掉牙的舊酒新瓶，

4 香港教育局：〈學校課程持續更新〉

他們說，除了原有的教育方針外，新添的是：

- 加強價值觀教育（包括德育及公民教育與《基本法》教育）
- 強化中國歷史和中華文化學習
- 延伸「從閱讀中學習」至「跨課程語文學習」
- 推展STEM教育和資訊科技教育
- 培養開拓與創新精神
- 推廣多元化的全方位學習經歷（包括「職業專才教育」相關的學習經歷）
- 優化資優教育
- 加強中文作為第二語言的學與教

《基本法》教育居然可以讓學生適應二十一世紀的變化？難道

《基本法》教你如何面對人工智能時代挑戰？如此厲害是否應該全國推行香港模式教育？明顯所謂教育改革到現在只是從政治層面添磚弄瓦，對於學生的實際需要，他們放到第二三位。

至於延伸「從閱讀中學習」至「跨課程語文學習」，這個就有點看頭，也就是將課程打通，讓學生在二十一世紀之中，不再囿於某種學習範圍之內，局限自己的想法和視野。畢竟知識從不分家，只是在學習的過程之中，為方便我們從簡易著手學，才分門別類的。雖然這是進步的，但這還是課程問題，對於學生心理和成長呢？只有一項。

就是培養開拓與創新精神。這種政策，我肯定這項改革必然以失敗告終。因為整個教育改革擺脫不了權威教育，甚至要強化權威教育，他們就是要教法律呢！就是要說明國家體制的重要性和權威性呢！在此之下，「開拓與創新」的過程之中，否定傳統的不當處，必然是衝擊政府的主要因素。就好像教授學生獨立思考的通識科一樣，自然地成為政府的眼中釘，令政府恨不得除之以後快。慢慢地，這種本來有益、有意義的精神培育就會不被重視，然後所有問題都沒有得到解決。

這並不是因為我一個人的悲觀，而是陳明客觀事實：在政策制定的時候，已經存在必然的矛盾因素。政府為了推動基本法教育，已配給資源予親政府組織開發教材，鼓勵學校發展校本課程，這已經是木已成舟的了，至於所謂「開拓與創新」，自然就是次要的後來者。有心的老師可能會在安全的範圍為學生說明「開拓與創新」的好處，但最終這種革命性的新思想，終會在這套教育改革的資助系統中湮沒。

教育改革由始至終沒有針對學生成長的基本問題，而是從政治層面凌駕教育，忽視教育在人才培養的重要性，所以不難理解，這個世代的教育，又會終歸成敗。

除了制度的暴力之外，制度失效，還會引發更多的暴力產生，其中一種，就叫做欺凌。

（四）欺凌的出現：〈當欺凌源自一張照片〉

故事發生在一所中產階級趨之若鶩的第一組別名校。這間名校就像熱刺一樣，一直都呆在英超、一直都沒上過榜首，但能在英超，已經是「精英」，難免有些香港精英階層的習氣。為免對故事的相關者做成傷害，以下故事角色俱用不相關英文字母表示。女生A、中六，眼看要畢業了。但卻出了事。

這天是陸運會。在極無聊的守門崗位，協助負責紀律的兩個文弱的男領袖生望著電話笑著。在記錄室監督比賽成績輸入的E主任正要溜出去星巴克買咖啡喘口氣時，他就靠近這兩個品學兼優的領袖生。手機屏幕是一張合照。一張女生A和她的學弟情人B的合照。只是這兩個孩子都沒穿衣服，而女生A也和所有被偷拍的人一樣，是唯一一個沒有望著自拍鏡頭的相中人。女生A在照片中佔了很小的角落，但相片採光正常，一清二楚。

學弟B這種自戀並不稀奇，在虛無的互聯網交友世界之中，連父母彌留也是小學生的直播內容，將初夜放進社交網站，只不過是小菜一碟。

只不過隨之而來的事並不是「小菜一碟」四字輕描淡寫。E主任之所以當上主任，並不是擁有能幹的行政能力或是教學優異，只不過是比公務員更官僚，在排隊中跟守則不犯錯，於是他如實上報上司。校長看了相片，著令學生陪同副校長與訓輔兩主任召開小組處理。

會議談了兩三個小時，得出一個家訪的結論。但在兩三個小時的會議前一天，這張照片已經早在整間學校的各個群體張揚了。管樂團看過、田徑也當然已經傳閱，連圖書館管理小組的同學也好像知道些甚麼似的。

時間一拖，那些看圖作文的發酵就必然開始。

版本甲，A和B上床活春宮，然後B拍了照。

版本甲點一，A勾引B偷嚐禁果。

版本乙，B在陸運會第一日失了獎，A「送上門」安慰他。

甲乙丙丁戊己庚辛，五花八門，當然還有不同的相片版本。反正就是一個接一個的故事。如果你糊了名，還以為是《忽然一周》的報導文章。但一個又一個不同的版本，就成了這群精英對另一個精英的欺凌。

由社工、班主任和輔導老師組成的聯合家訪，敲到A的門口，他們被迫要犧牲自己的陸運會補假去撲滅「危機」。門外右邊的揮春工整的寫著「一本萬利」四字，一本萬利，即是生意有十的四次方收益，但現實上的十的四次方，就只會是八卦與醜聞的傳播速度。

中產階級父親不在家，母親到開門之後的半小時才弄清楚自己的千金有男朋友。她說自己家教森嚴，從沒批准自己女兒談戀愛。講了四十五分鐘，女兒還只是在房間裡頭，沒有出來。

不過這也是極難為的。剛踏進十八歲，就遇上了生命中必會遇上的人渣，而且還不能公開說句「覺得自己很傻很天真」就一筆勾銷，還有半年校園生活要面對呢。

退學？還有半年就考公開試了，父母不許的；回校？其他人怎看？但不上課就換來教育局缺課組家訪和控告，學校最怕麻煩，於是就「家校合作」了一下，女生A在老師應承會陪伴下回校上課。

另一邊廂，訓導主任也用了她和學生的「友誼」勸了男生B將相片下架，也私下的叫同學不要討論，這故事好像壓下了。沒有家長要掀民事訴訟、也沒誰說要投訴學校。

只是在操練小組討論的時候，沒有同學願意與A分享筆記，勉強同組還可以，虛偽地問一號同學你的意見也可以，但一起午膳就不可以了。一張照片，將一個本該「正常」的學生打成異類。A離開練習房後，偶爾也會成為其他同學的話柄，當然也有人會評述其身材、也有人講起這對小鴛鴦分手的小八卦、也有人編這小女孩有甚麼癖好的八卦出來，涼薄而且難聽。A沒聽到嗎？當然或多或少聽到，可能在教員室裡講的八卦她才聽不到罷，但可以怎樣回應？還好，這小妮子算堅強，依然裝著沒事似的回校，但她這半年，被看著也覺得不慣。

後來文憑試放榜，她考進了教育學院，讀教育學士課程，即是讀畢可以當老師的那種。讀了一年，她覺得老師是人世間最虛偽的東西，起碼，她在自己的網誌是這樣寫的，於是，她考了個好的GPA，轉到科大，改名，然後走進下一章。

女生A不是有特殊學習需要的學生，但一樣受人欺凌。她做錯了甚麼？大概就是活在一個性禁忌處處的保守世界之中。

當然，美國電視劇《漢娜的遺言》也有類似的劇情，你或會說，開放如美國，一樣有這些欺凌情況。這樣說也沒甚麼錯。因為根本欺凌就根植在所有人的心底，人人都會有排斥「弱者」的天然原始欲望，只不過這個「弱」是怎樣界定，就和社會環境因素有關。

這個故事的弱，怎說也說不出來。或許是所謂的「破了戒」，於是就令A成了異類。異類，也就是數量上絕對少數的「非我族類」，於是欺凌就因此發生。

這種欺凌可以禁絕嗎？還得說回我們香港的性教育。但必先強調，任何性教育亦無法令學生不進行婚前性行為，因為教育不過是勸說講解，頂多都是威嚇，根本沒有強制方法去令所謂合符舊社會道德的萬全方案。

今日香港的性教育還是諸多禁忌。我們只能講到原始的交配。同性戀不能討論、性濫交的利弊不能討論、甚麼時候有性行為、有性疑問向誰請教，這些疑竇一一還在學生身上。他們唯一可能求知的途徑，就是上連登化一個帳號別名問問其他疑真疑幻的明燈。在無知之中，有人選擇恐懼、有人選擇探險，A和B就選擇了親身試一試。

「試一試就是錯了嗎？不。不全錯。如果沒拍照，誰知你們試了。」這句話，真的是從一個老師口中說出來的。這叫開明嗎？不，我覺得是在傷口撒鹽。因為正確的性教育，根本不是如此。

所謂正確的教育，是教授學生知識、技能、態度上的長進；不是教學生取巧、更不是藉機奚落學生，加入成為欺凌者的一分子。這樣講好像有點離地，但本來作為教育界的一員，秉持正道，才是唯一可為的事。在我們的日常之中，應該要共同爭取全面討論性教育的空間；也當然要老師有胸懷、有眼界，與學生討論，慢慢移風易俗，這才有改變的曙光。

A受到的欺凌，只因為她和他走進了你和我平時覺得的禁忌圈，令A採用一個不合理的解決方法。就是離開原有社群，忘記，然後才能脫離欺凌。這教我想起二零一二年黃偉文填的一首詞，C All Star主唱的《少數》。裡面的歌詞這樣說：「誰也在這一生某段落做過少數／誰都知呼天不應那種冷漠殘酷／誰一個漂亮轉身之後做了多數／又會能待那孤軍更好」。在這段煽情的歌詞，如果能夠「易地而處」想一想，如果是自己像A一樣遇上了少不更事的B，你會希望你的師長同學這樣冷待自己嗎？會喜歡被人投以古怪目光嗎？

好了。這是不折不扣的集體欺凌，由上至下的一種集體欺凌。你或者會好奇問我，為甚麼B不是受害者。故事到現在，B好像沒有被譏笑過，反而有人覺得他能和學姐來一記，是一件快樂的事。在今日光怪陸離的道德觀和價值觀中，你根本是難以預估何時為被打成「少數」。有一天，你或會發現，誠實可能在香港就成為被欺凌的對象；或者又有一天，正直一樣會被整個環境集體欺凌，只要人和人之間，有排斥和敵意心理、有那種欺壓弱者而獲取成功感的快感，那麼，人就會自然面對欺凌，只差是誰受害，哪個社群是加害人。

一張相片的確是小事。事幹也不過是一些小八卦，不過這些隨便錯手，就令A的世界從此變異。文章寫到這兒，我也不知道能多講甚麼，再講也好像於事無補，只求有心的同志大家都明白，欺凌都在一念間。

但教育制度的失效，惡就蔓延，欺凌就在這種弱肉強食的環境自然出現。

（五）談欺凌的本質

在自然動物的生態社群之中，常常會出現這麼的一個現象：

斑馬群居，互相保護，但偶有生病、弱小的斑馬，就會在移動期間被斑馬群擠到最外圍，然後供獵食動物食用。有人就會用這種現象在比況，說犧牲弱小，就是保障社群安全的最好方法。

而事實上在人類社會的不少社群之中，這種類似的情況，並不罕見。

看到弱小的被殘殺、受損，對那些倖存者來說，反而產生了一種「安全感」。

對，安全感。

獅子、熊等捕食性動物，在食物鏈中排在最高位，他們在自己的族群之中，會以戰鬥來比勝負，贏了，就留下最好的血統，勝利者成為領袖；至於那些在食物鏈中層的呢？他們溫純的吃著不能反抗的植物，努力地生育壯大自己的社群，但他們之間一樣有競爭。競爭就是存活，沒有被吃掉，就有延續生命的可能呀！於是，只要自己沒有被吃掉，那麼，他自己就成了戰爭的倖存者，基因可以留下，於是，就成了他們族群中的成功者。他們的成功機制，和獵食者大有逕庭，於是就有這種令人看不慣的「不公」。

人類社會亦相類似。原始社會，充滿獸性不在話下，是故孟子才講人禽之辨。其實放眼今日，在競爭空間不足的特定社群，例如公營機構、政府津貼機構辦公室，人們就是在摸熟機制後，這麼窩囊地活著，他們令「同伴」成為那頭生病的斑馬，然後自己安樂地看著他人被裁、受害，自己就從看著別人苦困而找到安全感。

欺凌好像是自然界教我們存活的法則，「不公」也是一種「自然」。我們的社會，是否需要欺凌？是不是要為欺凌去污名化？

首先要釐清的是，自然界並不是每個選擇都必然正確的。例如燈蛾撲火，同是自然現象，這又是不是值得人類學習？獸性原始，人有獸性，這也無可厚非，亦正因如此，我們才要學習如何做人，如何扭轉自然的劣根性。

不過你或會這樣問：在孔子、孟子的世代，哲學家不早已發現了這種人性的悲哀嗎？為甚麼這種可恥的欺凌如影隨形般在世界的任何一個角落存在？

用南宋的一對哲學家的對話，我們可以找到答案。有一次，陳亮質疑朱熹，你說的孔孟這麼美好，這些事有實踐過嗎？朱熹自己也承認：「堯舜三王周公孔子所傳之道，未嘗一日得行於天地之間也。」所以其實這些口號式的道德信仰，根本沒有令任何時代的欺凌終止。

說到這兒，可能你會質疑，是不是中國的醬缸文化，弄得中國人一定要欺負中國人？外國有沒有這麼原始的無聲角鬥？

孫文學說借用孟德斯鳩學說，在中國宣揚「平等博愛」，務要為中國建立新的「文明」。當然，孫文學說也是「未嘗一日得行於天地之間」，但互助互愛、平等相助這種偉大的情操，真的曾經出現過嗎？早已經有不少文學、電影，寫下了許多折射出這種人性光輝的東西了。只不過，這種人性光輝多數就像未完全打磨的鑽石光芒一樣，要在特定的場合才會出現。

我祝願在這個世上愈來愈少人遇上欺凌，大家都能健康成長。

第三部分

願景：教育與未來

老早已經有一些哲學家，為我們思考教學的本質應該是甚麼，讀教育學的時候，一個個涂爾幹、馬克思、杜威，都好像已經講明了教育的本源。只是哲學本身就是知易行難，在今日香港社會要實踐確是不易，我們還得要想想，這些哲學在今日能不能夠直接移用，而政府又會不會阻撓這些正當的教育哲學落地開花。

教育的理想：人本教育

現在香港其實已經有不少學校試行這樣的方向。他們不勉強強調學生的成績，反而側重在學生的成長。教育學家杜威的想法，就是給予機會讓學生從他們生活中的經驗來學習。

而事實上，只要教育的各個環節，都找回自己的原有崗位和價值，那麼，教育重回正軌，並不是不可能。但是崩壞的不在於一個半個環節，要重回正軌，必須整個社會的全體努力。

（一）重尋考試的意義

這一點絕對是重啟所有變化的關鍵。今日全個香港教育，就敗在「考試」之上。說回頭，考試本來就是為了分配資源所用，中國自隋唐時代開始，考試以「科舉」形式出現，自宋代起成為家家戶戶的讀書人的必然出路，一直到現在，還有不少人認定，考試是唯一一種獲取高等知識，改變社會地位的唯一途徑。

我們要問自己，我們社會的資源分配本應如何？是按需要分配的？按人能力分配的？抑或按父祖餘蔭分配？如果有需要讀高等教育的，才配給大學學位，那些本應該讀中等專科的學生，就不用勉強愁苦地學習一些不必要的知識。

不過，這種說法是理想型的，也是烏托邦式的構想。因為根本沒有任何學生，知道自己的上限去到哪兒，如果要「盲配」資源，按理應該先每人給予最多，然後由他們自行爭取。顯然我們的社會亦不需要為每一個學童配備一份足夠讀到研究院的學習機會。但如果制定教育政策的人在此不介入，又會出現家族強勢的不公平現象；於是比較合理的折衷方案，就是釐定「基本學習能力／基本學習要素」。在我們的成長之中，語文、邏輯能力，這些都是必須的學習基本工具，學生也理應學到特定階段，才能夠「再上層樓」。不難想像，一個沒有閱讀能力的人，在高等教育學習是何等痛苦的；同理，一個如果欠缺模仿推理能力的人，在實務操作之中，又必然會遇上極大的困難。如是，我們就得在中小學教育之中，抽出特定的時間，用有效的方法，讓學生確切地掌握這種基礎能力。

學習架構的重整、學生按其目標挑選考試，從認識自己、發現自己特性開始學習，發掘自己的能力、興趣，然後形成學生本身的需要，再去按目標學習。相關的學習資源，例如大學學位，在那兒才設立考試，於是在小學教育、中學教育之中，學生、家長、教師就不用盲目地追求考試成績，亦不須跟隨考試而扭曲課程，可以有更大空間，容讓學生在自己的成長之中，找回學習的興趣與自我。在此，我特別強調中小學之中，必須營造合理環境，教授學生價值教育，但這種教育並不是用紙筆課本講授的，而是從其他人的楷模之中習得的。學生在中學、小學階段，必須有相當的學習時數，去學習堅忍、耐力、好奇、懷疑等等基本的學習態度，而這些看似基本的東西，在今日的統一考試制度之中，一一被壓縮，於是在這種教育制度之下，大部分的師生、家長，都找不到甚麼是成功，甚麼是滿足。

在這種建議之中，考試並沒有被取消，而是被重新配置，由每個大學學位供應者，按他們的需要而提供考試。這樣一來，就不致令所有人都要盲目去應考同一個不必要及與自己成長未必相關的考試，騰出時間、空間。多出來的時間、空間用來做甚麼？那是學生的自由了，一個人的「自由」，其實也是民主的基本土壤了，因為成長期間的自由，就是學習選擇和取捨的機會。一個從小為自己及自己所屬社群打算的人，在成長的過程之中學會妥協、商討、互利，亦在此明白到社會分工的意義，自然是一個成熟的全人。

(二)改革教育思維，佈置經驗教育

在探討這範疇之前，我們還得要理解，甚麼叫做「經驗教育」。「經驗教育」是教育哲學家杜威的其中一個主張。「經驗教育」強調學生自身的嘗試經歷與反思，讓學生從實踐之中，將行動與結果結合，並經由試驗而找出事物的原理和真相。經驗教育，就是由學生自覺地、主動地探索，並由教育者對學生所處的環境採取積極的行動和鼓勵，讓學生透過嘗試與經歷的歷程，而獲得新認知的方式與結果。

杜威認為單純自然的錯誤與嘗試無法令學生有效學習，因為「嘗試、錯誤」的動作是偶然的、是碰巧做成的，它缺乏方法，更與先前的活動及學習經驗無涉，也無法預知或以經驗為據修改未來的行動，有機會反而會令學生歸因錯誤。所以杜威說：「盲目和反覆無常的衝動會催趕著我們輕率的從這一件事情跳到另外一件事情。一旦如此，則每件事情的學問都將化為烏有。」杜威甚至更認為這樣的成長並不具有經驗的意義。行動和後果之間有意義的聯結乃是透過反省思考而產生，這樣學生才有實質意義的「學習」。因此，促進學生和學習情境的積極互動，讓學生主動發現與探索其中的關聯性，協助學生自己歸納整理學習結果，才是在「經驗教育」之中、教師教學的重點所在。

如果考試得以鬆綁，家長、教師均可在學生的成長過程之中佈置經驗教育。但學校的角色就得以轉變，學校再不應該成為複製階級的一個工具，而更應成為一個給予家長、教師佈置學習機會的一個環境。心態上的轉變，就是成功的一大關鍵。

試想像，如果寫作教學本身就結合功能意義，例如為一個探訪老人院的活動而鼓勵學生分工設計海報，動筆寫慰問卡或是設計與長者的破冰遊戲，這比現時的 TSA 寫作是不是更有實質意義與價值？也顯然如是的佈置更能鼓動學生自覺學習、自主學習。經驗教育，本身就是破除「高分低能」的一個可行策略。只是這種佈置的前提就是老師要有恰當的空間和心力，也要對教師本身的專業能力具信心，然後在可行、可靠、互信的基礎上，由老師與學生共同建構學生學習目標的前設規劃。但這種美好的原意，在今日的教育制度之綑綁下難以普及，而這件美事亦只能在某些特別開明的學校出現。

而且，不難猜想這種變革在今日的阻力所在。家長未必認為學生要自立成長的。對於不少家長而言，學生只是一個未來的價值投資，對於他們來說，學生成長，然後要賺錢回饋家庭。對有些思想還殘留在工業時代的教育持分者而言，經驗教育的確欠缺吸引力。不過，隨時代的改變，這種阻力會逐漸減少。因為人工智能時代已經來臨。下一代的年輕人，是最大機會面臨與人工智能勞力競爭的一代，除了勞力密集的行業會被機械取代之外，有些所謂的厭惡性簡單勞力工作，也勢必被人工智能取代。如果人類本身沒有獨特而靈活的學習能力，在二十一世紀的中期開始，就必然失去競爭力。於是，經驗教育的學習方法更是必不可少。

而身處在這個年代，我們必須思考的一點就是，我們究竟和機器、和工具有甚麼分別？而在這種思考之中，我們發現人類最值得自豪的，就是人本思想和人文精神。有了這種思想上的分別，我們就能明白，我們如何去學習，如何成為一個「人」。

但在此我們不必否定機器和工具，而事實上，在學習的過程之中，我們甚至要借鏡一些進步的人工智能的學習方法，在嘗錯之中，修正自己的學習模式；又或者利用科技去拓闊自己學習的可能。AlphaGo 的出現，劃時代地改變了圍棋棋手的眼界，因為科技展示了我們之前未見過的區域與界限，而人工智能所能到達之處，我們就能夠站在其肩膊上再看遠一點。

明白人工智能時代的工具運作原理，並重拾人文、人本精神。加入科技元素，利用科技強化學習經驗，繼續從實踐中學習，這必然是我們在新時代應該要走的方向。因為除此之外，所有路線所講的，都是一條又一條的冤枉路。

（三）教師價值和意義

在今日二十一世紀的教育之中，教師面臨社會變革大變化。科技催化教師的功能變化。老師已經較難在二十一世紀單靠充當「知識的泉源」而教學，而諷刺地，學富五車已非異於常人，在網絡2.0的時代，任何人要學習一種新知識、普通技術易如反掌（但獲取牽涉軍用技術的知識仍有一定難度）。教師不能再如上世紀的「父老」、「五恩」角色一樣，自然地與「天地君親」同等成為「社會賢達」。反而老師的地位因為原有功能的減弱而不被重視。「教畜」、「枉為人師」的標籤就更為常見。在社會變革之中，教師這種教育事業的最前線看守者，又應該如何重新裝備自己呢？

教師的本身有何角色？

而品格的教育，從來不在言傳，而在身教。學生的品德學習，就師從第一教師，即是父母及其餘學習期間所遇到的老師。只是在香港、中國、韓國的中小學教育之中，的確較少利用佈置式的教育方法向學生樹立良好的品德風範。我們或者有一些「德育及公民教育」課，但流於口述、形式，或是一個半個的講座，有些學校甚至純粹只實行形式，沒有考慮對學生是否真有教育意義。

而事實上，重新思考教師的角色，有助梳理這種德育教育無效化的困局。在教師的角色中，細分下去，還有許多種角色。在這些角色中，有的要求教師從事正式的教學工作，有的則是在一個年級中從事管理工作。有時他們可以是諮詢者，對兒童給予精神上的關懷。他們也可能是課外活動的領導者，負責學校中的學會或運動隊。或者他們可以代表學校的權威性，具有紀律性的作用（比如是訓導老師等）。這些功能至今未變，而我們在教學的時候，不妨想通這些功能的用處和學生的「需求」，令自己的教學發揮最大效能。

學生在成長的過程之中，迷失、疑惑是必然出現的。而如果在這個時間，具教師功能的成年人能介入，對學生的成長及價值觀的建立是有莫大的幫助。因為在學生的人格建立之中，他們必然會首先複製其家族楷模，如果其家人的原設人格在原有社會未能獲得成功，這種學生在成長之中，往往容易複製其上一代的失敗。然而如果在此，教師能夠發揮功能，示範自己的人格榜樣，與學生梳理困難及成因，學生或可更易找尋到自己的出路及思考自己性格的優缺點。

在二十一世紀，教師就保有「以心印心」的人格教育功能。亦正因如此，在這一個時代的老師品格標準更宜提高。老師應該是立心善良、想法開心而敢於嘗試的，因為在變幻莫測的時代，這三種基本的人文精神，才是成功的基礎。

第四部分

當教育要面對未來

這題目在設定上就堪足玩味。因為任何時代的教育，其實都和「未來」有關。教育，本來就是投資未來的一種方式。前人之述甚多，柏拉圖、孔子、朱熹、杜威、陶行知，各有所述，而且各具開創時代的意義。蔡元培校長在民國時期，深感中國外憂內患，擔心國家無可用之兵，就提出了「軍國民教育」，鼓吹人人都可以當軍人，這也是現時學校體育教育的雛形。蔡元培洞悉當時社會問題，提出新的教育哲學思想，改革社會，然後國家得所發展。這是教育哲學配合社會發展的一個示範。

只是各種前人所講的教育哲學受其時代的局限和影響，在今日的社會未必適合即時套用或全盤移用，例如我們今日一般學校的師生比例之高，使學生逐一啟發的「因材施教」就不能全面落實，反而只能做的就是縮小師生比例或者設定大概合於眾人的教育內容。「一本通書睇到老」不太可行，也應該如是想，今日的社會，就應該要找到今日合適的方法與方向處理今日的問題。

但在說未來之前，回想一下，在原始時代，所謂教育，其實就是將原有的技術傳授給新生一代，延續社會的生產模式。即如父親打獵，然後教孩童學打獵般的傳授，社會百工各行各業，起初都是子承父業的。到社會化發展至一定階段，社會漸漸複雜而分工仔細，於是他們就發現學校教育是一種成本較低的社會化方法。「延續」社會的功能由教授具體易明的生活技能，變成抽象社會「公約數」式技能教育和「社會價值」教育。在工業時代，教育更為容易設計，因為學習就是為培養工人營運而生。只是步進新時代，我們的工業轉型，教育才追不上社會需求。現在的社會，我們的教育不宜再製造「失敗者」，每個人都應該在教育之中找到自己的身位和價值，因為，這個世界的成功方法已再非單一，你很難說出在五年後，你做哪一門行業才會特別成功。這世代的可能性無限，我也不知道一個平凡的中文老師，忽然就能夠成為墳總。所以根本很難說得實，也不應為學生設限。

在這五年內出生的一代，應該是由出生到死亡，電子產品都不會離開生活的年代。但在我們探索電子教育的時候，又往往因為不認識工具的極限而不敢在課室推行，也因為我們原有的教育局所限制，令我們的革新教育一直處於探索階段。

(一)電子教育的好處

電子教育，也就是大眾常常聽到的 E-Learning，其中的 E，除了

是電子化 (Electronic) 外，還可以是「娛樂 (Entertain)」，學生更容易從遊戲之中具體化學習。一些要靠實物、實象學習的視覺型學生及體覺型學生，就得藉電子教育追上單靠聽老師講課就會明白學問的聽覺型學生。電子教育的其中一種好處，就是掃除了一些學習上的尷尬，學生只需面對自己的對與錯，而不再受班上友儕的群眾壓力，之前大家所講的「愉快學習」，在電子教育的協助下展露曙光。現時美國已經有一些訂正式的電子教育工具，將學生的錯誤按其數據庫配合解難建議。學生從單一學習材料之中，多了門路作多角度、多方面學習，自然有機會「自主學習」，而學習變得自主之後，學習效能也理應有所提升。

電子教育還更能配合學生「從經歷中學習」的一環。現時如果你登上 Google 的學習工具，你就不難發現，要「遊覽」博物館已非難事，要從全景圖中看透某建築、路面情況也極為容易，而在這些有趣的觀察之中，你也有機會成為訊息的貢獻者。這種低門檻而具成功感的學習機會，促使不少學生自發利用網絡資源開創得更多。亦因為如此，不少年紀輕輕的少年已經是知名網絡名家，這些都是「從經歷中學習」的一個典型，他們人人都從「做」之中學習，這種雖然不能美之為「無師自通」，但的確已無求師的過程，而且是「去中心化」的自我學習過程，久而久之，學生從這種環境成長，自己就能夠培養解難能力。

（二）電子教育的具體實施現況

現時有不少學校都會用電子教學，有些學校甚至使用電子課本。但普遍而言，香港的學校礙於老師本身的信心問題，只會在特定課堂由某些對電子教育認識較深的老師採用電子教育。而有些學校更於電子教育的推行過程之中走回用紙本教學的路線。

有些科目天然地適合電子教育，例如電腦科、設計科、物理科等，但至於語文、歷史教育方面，電子教育較費老師的備課工夫，所以在推行電子教育的時候，往往步伐就會較慢。

當然，電子化學習不是靈丹妙藥，不可能解決所有的教學問題，若你要「操練」試卷，還得乖乖回到紙筆之上。今日學校的配套也未必合於全面推行電子化學習。再者，電子化學習也有其未完善之處，例如設計時的成本效益、學生與自然學習的隔離、課堂操作性考慮等等。令不少老師在教育現場之中對電子化教育嗤之以鼻。今日在香港要推行電子化教育，並非容易，但我們必須要認清，電子化的教育工具，就將與黑板一樣，永遠成為我們的教具。而這件教具，將我們帶進劃時代的革命之中。

（三）我們的社會究竟會怎樣變？

我們正身處一個全新的世紀。以前的人說太陽底下無新事，但是我們卻會在這一個世紀走進太空。利用立體打印技術，我們可用其他星球的材料來建築現在有的建築物，在火星建立人類城市不完全是幻夢，我們甚至可以在太空合成食水，在這個未來，我們探索宇宙的闊度會更闊，驗證到的太空理論會更多。我們過往想像的、或許有些科幻的橋段可能成真，科學家可以利用幹細胞技術為我們製造後備器官，到真的出現所謂器官衰竭的時候，自己的幹細胞就能救活自己。不難想像到某一天，所有身體的東西都可以換，而我們壽命必會繼續延長，倪匡的科幻小說就要成真了。就算說到物流之上，新近的例子：在美國，如果你在亞馬遜購物，送貨時他們可以用無人機將你的貨品送到你府上，在草坪的一個方格你就可以提貨。生物學層面呢？我們已經能夠以治養特殊的蟲（例如黑水虻、麥皮蟲）來解決大部分的廚餘問題、也能解決農業廢棄物的困難，甚至我們能用養蟲治污，從而餵魚，來克服漁業、畜牧業的蛋白需求問題。所以如果要問未來社會會怎樣變？已經很難說得準了。過往社會的變化，是從生活需求的困難而孕育出來的。而今日社會的變化、科技的革新，是由豐富的物資，用工具不斷創新而試出來的。我覺得「無中生有」也不足以形容了，現在科技的變化，已經劃時代地天馬行空。

這些精彩的東西根本超越了我們以往的想像，新科技開拓了新生活的象限，教育也會因為新科技而作出改變，同時教育也應該配合新科技所創造的可能，令未來人類世界的機會更趨無限大。

社會會有這樣的變化，人類就要適應變化的來臨。為迎接未來二十年，我們作為教育工作者，就應該要從之前我們說的人本教育多加努力，令孩子在成長中建立人文精神，也細心思考每個教育崗位上的角色。例如父母在人格培育上，有沒有示範開放、開明、迎接改變的態度？老師有沒有將自己的心態調整成為成長的領航人的態度？這個部分，絕對值得我們深思。所以，我們的教育應該從人文教育著手，令成長中的孩子愛護世界而又敢於創新，再隨該時該地的科技發展，開拓他們可以開拓的無限可能。

餘論：

除了這些問題，教育範疇上，還有甚麼想說？

（一）在家教育

有些人認為，自己教孩子，總會比學校好，原因是自己較為明白兒女特性，單對單或僅僅一對二的照顧會更好。所以他們會用Home-Schooling在家教育的方法，由家長來取代學校教育。香港有強制入學令，在家教育比較罕有（二零零四年立法會的答問中，政府表示在一九九九年至二零零四年間全港僅得兩宗個案，而其中一宗經教育署介入後改為返回學校接受教育）。但在不少文明國家，在家教育成為一種新潮流，英國在一六／一七學年更有四萬八千個學童接受在家教育。在家教育是否能夠補救學校教育不足，成為一種學校教育的替代品，這種討論已經頗為熱烈。

先不說術業有專攻，教育本身就是一門專業的技術，不是說誰去都能教得好。而且自己教自己兒女所有範疇，那麼自己本身的學識和教學技術也須有極高的水平，才會教得好。所以在傳統之中，就算要在家教自己的兒女，一般來說，「在家教育」都是聘人來教。香港政要陳智思也深明此道，為自己的子女專門開一所學校，直接聘些老師來教。不過，普羅大眾未必有這麼多的資源與空間，普通中產人士也不會平白去領一個學校牌照來教育自己的兒女，現時的雙職家長，也不可能抽空來在學校上課時段教育兒女，用在家教育取代學校教育，似乎現時並不太可行。但「在家教育」真的是空中樓閣嗎？

礙於法律所限及資源的門檻，香港選擇「在家教育」的確較難，在一般條件下還是學校教育較為合於現況，但在家引入在家教育的元素，即是將家庭哲學傳遞的這部分，卻值得我們關注教育的人深思。不少父母其實本身都是具獨有之專長，但礙於學校教育佔時甚長，甚至可謂侵沒學生成長時間而無法傳授。在香港，父母甚至連談自己價值觀的空間也沒有，更談何傳遞自己的社會經驗呢？所以其實如果學校有足夠空間，能夠騰出時間，特別是暑假時間，讓學生在特殊時間之中，暫時放下學業，學習父母宗長的長處或家庭故事，這對整個社會的維持有莫大的幫助。一者既可以拆去形式主義的暑期作業，二者又可以重構香港所忽視的家庭價值，這種特別月份進行的「在家教育」，真的值得各位讀者一試。

（二）從閱讀中學習

「從閱讀中學習」不是新事物，政府推行多年，但和健康校園政策一樣都是「意思意思」，並無實質的成效。畢竟要選對書難，要在繁重的學業環境中培養廣泛閱讀興趣更難，於是從閱讀中學習，就徒具一些「買書」、「晨讀」、「閱讀節」等的形式主義措施，學生根本難以在閱讀中得益。

「從閱讀中學習」並不是漫無目的地閱讀，閱讀只是手段，學習才是關鍵。釘板不必從「從閱讀中學習」，只消做；同理，游泳、賽跑的入門，也不是「從閱讀中學習」，而是從體驗中學習的。但到了較高層次，例如你要研究游泳的竅門，那個時候閱讀動機就自然來了，學生自然會找資料。但能不能找到書呢？這又要看圖書館的工夫，也看有沒有好老師介紹的工夫。這樣說來已夠難為，一班三十個學生，每人興趣不一，一個老師怎能找到合他們而且有用的書，讓他們「從閱讀中學習」呢？技術上，這件事就說不通了。於是，我們應該將問題分割，先做能做的部分，就是「學習」這一環，我們知道學習的基本流程的，但到底問題到甚麼程度我們才要「外求」呢？這部分老師該教。「怎外求」也一樣要教。

現在資訊科技極為方便，「怎外求」就容易處理，首先在互聯網找資料，合用的、能用的就先學先試，然後再從互聯網資料溯入文獻之中。「從閱讀中學習」，這樣才行得通。

「從閱讀中學習」不是純粹叫學生拿起書就能令學生喜歡閱讀，喜歡閱讀也不是「從閱讀中學習」的本義，要令學生發現，從「從閱讀中學習」是解決重大問題的有效手段，這個才是整個學習模式的關鍵。

（三）為香港的運動員打氣

香港的體育教育是不受重視的。我在教員室聽過同事說自己帶兒子踢足球的經歷：教練說他的兒子有天分可以選進區隊當龍門，然後這個慈父就將兒子的興趣班改為大提琴班了。原因是「踢波邊搵到食」。教師尚且如此，高等知識分子尚且如此，普羅大眾又如何呢？（諷刺的是，其實體育科老師在學校也是「工具人」，根本是香港「重文輕武」，忽略運動的風氣如此。）

但每到一次又一次的體育盛事之時，港隊得獎，我們又會說是「香港之光」。每個老師在教堅忍時舉例，都不約而同地講李慧詩每日練習單車、吳安儀堅持下苦功鑽研桌球技術的故事。我們不認同播種，但我們欣喜收成，這個不是荒謬嗎？我們可以還體育教育一個公道嗎？我們可以在體育教育之中加入道德教育，講明平等的重要嗎？退一萬步來說，身體健康不是每個父母對子女的期望嗎？如果不重視體育教育，學生能有強健體魄嗎？更何況體育教育教導學生「決心」、「堅毅」，這些正正是人類走進社會成敗的關鍵，還體育教育一個地位，香港人更加頂天立地。

文武自當無輕重，而全人教育，本來就應該從德智體群美五育並行培養，我希望有一天，每個香港人都喜歡體育、重視運動、運動員在港有公平的待遇，然後我們整個社會就自然會重視務實，一同實事實功。

（四）教育制度中，我們有社工

很多人誤會社工只會報警，無助於學校教育。這兩三年我和學校一位熱心社工合作，才發現並非如此。原來學校如果給予空間和信任社工，而社工本身能夠發揮效能的話，社工便是人格培養教育的一大功臣。他們能夠體察學生需要，洞悉學生困苦，處於學生角度帶學生走出成長的困局。

只是，我們常常到問題「爆煲」才將學生轉介給社工。那個時候其實我信你找誰也幫不了幾多。上醫治未病，這個原是《黃帝內經》所教的簡單道理，我們卻沒有重視。更有甚者，我們許多時候會因為追趕教學進度，剝削了社工的教化時間，結果，本來可以互補互助的教育伙伴，就成了互相牽扯的阻力了。社工其實是令教育制度重歸有效的良方，因為正常的社工從人性出發去陪伴學生成長。如果我們還社工一個合宜的工作空間，有許多事也會變得更好。

結語：

其實是我們的社會壞了

編輯們為這部書起名字時，替他取名「你個教育制度壞咗呀」。起源是取自一個嬸嬸去美食展攞取食品時所說的「你個嘢壞咗呀」而來的。那時我答應了用這個名字，不純因為討喜，而是我打從心底同意不只是教育「壞咗」，而且是整個社會都壞了。

在二零一四年，我們幻想可以走上街頭令社會找回秩序，或許可以像零三年我們走上街制止了惡法一樣。結果我們夢碎，社會還是向著那個指鹿為馬、顛黑倒白的向度奔馳。二零一九年六月九日、十二日的幾次巧合之中，我們又走回街上，同樣地看著一個個的學生受傷、一幕幕的衝突又起，我們不禁又會想，這個社會壞了。

社會壞了，學生對未來生感到絕望。他們畢業後依然絕望，於是年輕一代，每次都在這些社會躁動之中走出來，為整個社會討公義，試圖重整秩序。

只是我們這些空手空臂的人，就算上街走幾多次，也根本無法扭轉乾坤。看不到未來、看不到成功的可能，一個個小小的信心、一個個美好的夢想，就再沒能力發亮了。這樣的社會，當然是「壞咗」。年輕人的路被堵死了，一個個受教育的未來棟樑被埋沒。任誰也會灰心。

但作為「大人」的你和我，我們有沒有能力去改變？或者有。

我們如果試試替年輕人打開道路，令他們在全球化下有能力與世界競爭；我們如果能保護他們茁壯成長，尊重他們做到我們時代沒有的事，也許這些夢想的火苗不會被吹熄。

社會的公義，從不可能靠一小眾人而爭取，而是各式各樣不同背景、不同立場的人一同爭取才會出現的，因為在那個時候，誰也沒欠誰，誰也不是誰的主人，我們共同努力興建的世界，就要靠民主、公義來維繫。特定利益團體才會用強權欺壓其他人。

今日的社會壞了。然後教育才會變壞。壞到一個點，老師和學生都選擇了用最悲壯的方法來離場。我們不想再看到悲劇發生，我們有責任將社會變好。

這部書說到這兒，你和我都同意，香港教育不完美。不但不完美，而且不完善。學生在學校不開心，老師在學校也不開心，校長、校工、家長、社工亦復如是。我們的教育確是「壞了」，但壞了並不是末日，反而是改變的誘因。但至於能否真正改變，其實不在於教育本身。教育，正如我在上文所說，只是社會的一個示現面，社會如何，教育才會如何。今日的香港教育如果要變得完善，單靠一個半個老師是推不動的，單靠一所半所學校做實驗也開不通。是否跟從新的教育潮流而走，政府、社會大眾會更具影響力，如果人人都明白教育的重要性，也覺察今日的問題所在，決心改變，香港的教育終有日會大放異彩，我們這十年看到的悲劇，就不會再發生。

天佑香港。我們一同努力，將「壞咗」修好，同舟共濟走進下一個時代。

你個教育制度壞咗呀！

作者：青永屍

出版經理：Fokaren
編輯：大雞
助理編輯：Alston Wu、Yuri Yau
校對：Janis Chow、Minami、Tai Chun Wa
美術總監：Rogerger Ng
書籍設計：Kelly Ho
排版助理：小草

出版：白卷出版社
黑紙有限公司
新界葵涌大圓街 11—13 號
同珍工業大廈 B 座 1 樓 5 室
網址：www.whitepaper.com.hk
電郵：email@whitepaper.com.hk

發行：泛華發行代理有限公司
電郵：gccd@singtaonewscorp.com

版次：2019 年 7 月 初版
2019 年 8 月 第二版

ISBN：978-988-79044-7-2